고비사막에서 엄마를 추억하며 딸에게 띄우는 편지

엄마와 딸,
바람의 길을 걷다

| 고비사막에서 엄마를 추억하며 딸에게 띄우는 편지 |

엄마와 딸,
바람의 길을 걷다

강영란 지음

책으로여는세상

Contents

Prologue #01

고비를 꿈꾸다

아이는 학생으로, 난 선생으로 같은 학교를 다녔습니다.
등교하던 아이가 문득 말했습니다.

"엄마, 엄마가 조금 더 늙어도 좋겠어."
"응?"

"희끗해진 머리칼을 한쪽으로 땋아 늘이고
 긴치마에 헐렁한 웃옷 걸친 엄마랑
 느릿느릿 여행하고 싶어서…."

그 아침 하늘은 맑았습니다.
아이는 중학교 2학년이었고,
난 아직 흰머리 걱정을 하지 않아도 되었던
마흔 중반이었습니다.

그날부터 난 흰머리를 기다렸습니다.
늙음을 기다렸습니다.

어느 날, 하교하던 아이가 문득 말했습니다.

"엄마, 필름 카메라 한 대만 사주면 좋겠는데…."
"응?"
"하늘이 너무 예뻐서…."

그 오후 하늘 또한 맑았습니다.
그날 역시 난 흰머리를 기다렸고, 늙음을 기다렸습니다.

중고 카메라 한 대를 얻은 아이는
서툰 솜씨로 하늘을 담아갔습니다.
고작해야 등하교 때 엄마 차 속에서 고개 내밀고
옹색하게 담는 정도였지만
아이는 하늘을, 오로지 하늘만을 담아갔습니다.

아이의 카메라 속에는
회색 구름이 점점이 떠 있는 하늘도 담겼고
뭉글뭉글 하얀 구름이 가득 담기기도 했습니다.
구름 한 점 없는 파란 색깔만 화면 가득 담긴 날도 많았습니다.

아이에게 물었습니다.

"어? 구름 한 점도 없이 온통 하늘색뿐이네?"
"엄마, 하늘 사진에 왜 꼭 구름이 있어야 할까?
 무엇이 있어야 할까?
 아무것도 없이 파란색만 있는 하늘이 얼마나 많은데….
 그 구름 없는 하늘을 얼마나 내가 좋아하는데…."
"그래도 그렇지… 이 사진도 하늘색만 있고, 또 저 사진도 하늘
 색만 있는걸."
"같아 보이지만 모두 다른 하늘인데….
 그때 그때 내 맘도 달랐어, 엄마."

아이와 난 함께 등하교를 하면서
여행을 꿈꾸고 늙음을 기다렸습니다.
자주 하늘을 올려다봤습니다.
아이는 문방구에서 산 조잡한 액자에
정성스레 하늘을 담아 생일 선물로 주기도 했고,
우린 방학 날을 손꼽아 기다렸다가
가방을 싸서 집을 나서는 날이 잦아졌습니다.

그사이 내 머리엔 흰머리가 점점 늘어갔습니다.
조금씩 늙어갔습니다.

'엄마, 조금 더 늙어도 좋겠어.
 흰머리의 엄마랑 느릿느릿 여행하게…'

아이의 한마디는
그저 기쁜 맘으로 늙음을 기다리게 하는 주문이었습니다.
어떻게 늙어가야 할지 생각도 해보지 않은 채
나이듦에 대하여 고민도 해보지 않은 채
그저 흰머리만 기다렸습니다.
겁도 없이 늙음을 기다렸습니다.

커트머리 중학생이었던 아이가 대학생이 된 여름,
난 반백이 되었습니다.
아이와 난 또다시 짐을 꾸렸습니다.
어디로 떠날지 고민하진 않았습니다.
하늘과 땅만이 있는 곳, 바로 '고비'였습니다.

척박한 땅, 고비.
몽골어로는 '풀이 잘 자라지 않는 거친 땅'이란 의미의 고비.
알타이산맥 동단에서 싱안링 산맥 서쪽 기슭에 걸친
동서 1,600km, 남북 500~1,000km의 범위로 알려진 고비.
우린 그곳 고비를 향하여 짐을 꾸렸습니다.
배낭에 물휴지를 두둑하게 넣었습니다.

"엄마, 우리 정말 고비 가는 거야?"
"그럼!"

"하늘을 만날 거야.
 바람을 만날 거야."

"그러렴, 엄마는 낙타를 배울 거야."

아이는 하늘을 꿈꾸고
난 낙타를 그렸습니다. ∞

Prologue #02

낙타의 모정*

|||||||||||||||||||||||||||||||

*이 글은 EBS 다큐프라임 「챠강티메, 흰 낙타 이야기」를 기초로 하였습니다.

1년하고도 한 달 동안 낙타는 배 속에 새끼를 품습니다.
무리 지어 살던 낙타는 새끼를 낳기 위해 무리를 떠납니다.
오로지 어미 혼자 산고를 겪습니다.
사막에 바람이 불고 해가 지고 다시 해가 뜨는 동안
어미 낙타는 홀로 새끼를 낳습니다.

지독한 산고를 겪은 어미는
태어난 새끼가 네 발로 우뚝 서기를 기다리며
물 한 모금 마시지 못한 몸으로 하염없이 기다립니다.
하루가 지나고 이틀이 지나고 사흘이 지나도
어미는 새끼 곁을 지킵니다.
마침내 새끼가 제 발로 우뚝 서는 그날,
어미는 새끼를 데리고 무리 속으로 들어갑니다.
지독한 모정입니다.

새끼를 낳기 위해 무리를 떠난 낙타를 기다리던 주인이
낙타를 찾아 나섭니다.
갓 태어난 새끼 낙타의 목에 하닥(푸른 천)을 걸어줍니다.

- 늑대의 눈으로부터 보호받거라.
- 어서 네 발로 걸어 집으로 돌아오거라.
- 튼튼한 낙타로 자라나거라.

푸른 천 한 가닥에 간절한 바람 담아 새끼의 목에 걸어줍니다.

네 발로 일어서야 어미의 하얀 젖에 다다를 수 있습니다.
처절한 몸부림이 시작됩니다.
하루일 수도, 이틀일 수도, 사흘일 수도 있습니다.
생명, 기어코 우뚝 섭니다.

비틀거리는 새끼 낙타를 주인의 오토바이에 싣습니다.
오토바이가 달리기 시작합니다.
어미 낙타도 달립니다.
처절하게 달립니다.
척박하고 무더운 고비에서
평소에는 결코 달리지 않는 낙타가 달립니다.
더운 사막에서 몸이 뜨거워지는 것은 위험하기에
달리지 않아야만, 느릿느릿 걸어야만 살아낼 수 있는 고비에서
낙타가 달립니다.

시속 60킬로미터의 오토바이에 실린 새끼를 향해
산고의 몸으로 낙타가 달립니다.
죽도록 달립니다.
어미라는 이름으로 낙타가 달립니다.

어미…
가슴 저린 이름입니다.

새끼…
또한 저린 이름입니다.

낙타를 배우고 싶었습니다.
어미를 배우고 싶었습니다.

눈물겨운 낙타의 모정이 있는 고비를 향합니다. ∞

Prologue #03

길

나는 어미입니다.

앞서 걸어가 줘야 할 길은 어떤 길일까?
어미로서 살아내야 하는 색은 무슨 색이어야 할까?
어미라는 이름으로 전해줄 것은 도대체 무엇일까?

문득문득 두렵습니다.

아이의 손을 잡고 고비를 향합니다.

◇◇

저녁 비행기에 오르다

늘 가슴에 품었던 말이 있었습니다.
'세상의 멋진 사람들은 길 위에 있다.'
'진리는 도서관에만 있는 게 아니다.
길을 나서면 더 큰 진리를 만날 수 있다.'
'인생은 저지르는 자의 몫이다.
길을 나서는 시작이 곧 법을 절반 이룬 것이다.'
어디에서 본 글귀인지, 누가 말했는지 정확히는 알 수 없으나
이 말들은 내 가슴 한켠에 늘 자리하고 있었습니다.

몽골을 꿈꿨습니다. 고비를 꿈꿨습니다.
지독하게 추웠던 겨울 시베리아 횡단 열차에서
뜨거운 고비를 꿈꿨습니다.

하늘과 땅만이 존재하는 그곳에서 나를 보고 싶었습니다.
겨운 삶에서 받은 내 안의 상처를 다독이고 싶었습니다.
투명한 나로 돌아가 소중한 내 아이와 제대로 만나고 싶었습니다.

몽골을 향한 저녁 비행기에 올랐습니다. 붉디붉은 노을이 한참 동안 계속되었습니다. 아름다웠습니다. 아! 짧은 탄성이 흘러 나왔습니다. 우리 인생도 그렇게 아름답게 마무리될 수 있다면 좋겠다 생각하며 눈을 감았습니다.

세 시간을 날아 도착한 울란바토르의 칭기즈칸 공항은 이름에 어울리지 않게 작고 한산했습니다. 한밤중 호텔로 가는 길은 어두웠습니다. 서울 시간 12시 40분, 몽골 시간 11시 40분에 호텔에 도착했습니다. 호텔 가까운 작은 가게에서 다음날 필요한 물 몇 통을 챙겨놓은 뒤 자리에 누웠으나 잠은 쉬 들지 않았습니다. 그동안 알고 있던 몽골에 대한 조각 지식들은 비행기를 타기 전에 내려두고 왔건만 어느새 내게로 다시 찾아와 잠들지 못한 머릿속에서 맴돌았습니다.

몽골, 정식 명칭은 몽골리아(Mongolia). '몽골'은 원래 '용감함'이란 뜻을 가진 부족 이름이었는데 칭기즈칸에 의해 몽골 부족이 통일된 후 세력이 커지면서 부족명이 민족명으로 되었고, 수도 울란바토르는 '붉은 영웅'이라는 뜻이며, 아시아에서 유럽까지의 넓은 땅을 가진 적이 있었던 나라, 한반도의 7.4배의 드넓은 영토를 가진 나라, 라마불교가 국교이며 그 영향으로 연꽃이 국화이고, 투그릭이라는 화폐 단위를 사용하며, 중앙아시아 북방에 위치한 내륙 국가, 전체 국토의 80%가 목축지, 전 국토의 40%가 사막이며, 몽골고원 내부에 펼쳐진 거대한 사막 지역이 바로 고비라고….

잠들지 못한 낯선 곳에서
지식의 조각들이 문자가 되어
머릿속을 마구 날아다녔습니다.

∞

안녕! 푸르공!

◇◇◇◇◇◇◇◇◇◇◇◇◇◇◇◇◇

고비사막을 꿈꿨지만 막상 나서려니 두려웠습니다. 사막 여행을 위해 무엇을 준비해야 할지, 어떤 방법을 선택해야 할지 고민되었습니다. 배낭을 짊어지고 아이와 단둘이 무작정 떠날 수는 없었습니다. 혼자서, 그것도 걸어서 고비를 횡단한 사람도 있지만 아이와 난 그럴 수는 없었습니다. 차량을 이용해야 했고 그 차량에 동승할 친구도 필요했습니다.

사막을 달리는 지프차는 한 대에 보통 네댓 명이 탈 수 있었습니다. 결국, 고비를 꿈꾸는 열 명의 친구가 각지에서 모였고 두 대의 차량을 이용해 움직이기로 했습니다. 그런데 아이와 나를 제외한 다른 분들은 모두 홀로 떠나온 멋쟁이들이었습니다. 용감하고 아름다운 사람들이었습니다. 그들과 함께라면 고비 여행이 외롭지 않을 수 있을 거란 확신이 섰습니다.

날은 밝았고 하늘은 맑았습니다. 달리면 휘파람 소리가 난다는 러시아 지프차, 푸르공을 만났습니다. 덩치 좋은 바이라 아저씨와 제크 아저씨가 운전석에서 내려와 사람 좋은 웃음으로 인사를 건네 왔습니다. 어떤 모습의 고비사막이 우리를 기다리는지 모른 채, 어느 색깔의 고비사막을 만날지도 모른 채 설렘 가득 안고 푸르공에 올랐습니다. 마침내 달렸습니다. 달린 지 얼마 지나지 않아 바이라 아저씨가 차를 멈췄습니다.

'이크! 소문이 거짓이 아니군.'

사막을 무지막지 달리는 푸르공은 잔고장이 많고 수시로 손질을 하며 달린다더니 한 시간도 되지 않아 멈춰 섰습니다. 다행히 큰 고장은 아니었고 우리는 다시 달렸습니다.
푸르공을 타고 비포장길을 달리는 맛은 환상이었습니다. 덜컹대는 푸르공 안에서 뼈마디들이 분리되었다 조합되었다 하기 시작했습니다. 몸 속 온갖 내장들이 하루 종일 브레이크 댄스를 춰댔습니다.
고비가 아니면 그 어디에서 이 경험을 해볼까? 흔들리는 대로 맡겼습니다. 마구마구 흔들리는 푸르공에는 잡을 것 하나 변변히 없었습니다. 뼈마디며 내장들이 흔들릴 대로 흔들리다가 제자리 잡아가게 그냥 두었습니다. 온몸이 분해와 조립을 반복하건 말건 바깥에서 펼쳐지는 풍경들은 장관이었습니다.

하얀 구름 점점이 떠 있는 하늘은 온통 파랗고, 하얀 빛과 보랏빛의 이름 모를 꽃들은 지천이었습니다. 한없이 넓고, 한없이 푸르고, 끝없이 펼쳐지는 장관 아래 던져진 우리는 할 말을 잃었습니다. 그저 감탄할 수밖에 없었습니다. ∞

#03

초원을 달리다

"엄마, 하늘이야!
 파아란 하늘이야!"
"그래, 네 품에 힘껏 안으렴."

하늘을 좋아하는 아이가 꿈꾸던 고비 하늘 아래 섰습니다.
아이는 파란색을 유난히 좋아했습니다. 대부분의 여자 아이들이
분홍색 원피스를 입고 분홍색 가방을 좋아할 때 아이는 유독 파
란색을 좋아했습니다. 파란색 필통을 파란색 가방에 담고 파란
색 운동화를 신고 팔랑팔랑 학교를 다녔습니다. 파란색을 좋아
하는 아이가, 하늘을 좋아하는 아이가 고비의 파란 하늘 아래 마
침내 섰습니다.

"엄마, 하늘이야!
 파아란 하늘이야!"

아이는 훌쩍 커버렸고, 학교를 다니기 위해 서울로 떠나버렸습
니다. 아이를 데리고 아침저녁으로 종종거렸던 날들은 아득한
추억으로만 남았습니다. 하지만 여름이고 겨울이고 방학이 오
면 늙어가는 엄마와 기쁘게 떠나주는 '여행'이란 선물을 아이는
안겨줍니다.

딸과의 여행은 행복입니다.

혼자 걷기도 하고, 함께 걷기도 합니다.

손을 잡기도 하고, 팔짱을 끼기도 합니다.

그냥 무심히 떨어져 걷기도 합니다.

한 곳을 바라보기도 하고, 서로 다른 곳을 보기도 합니다.

아주 작은 것으로 토닥대고 싸우다가도

서로가 소중해서 금세 눈물짓기도 합니다.

고비의 푸른 초원에서 아이는 하늘 높이 뛰어오릅니다.

넓디넓은 초원을 내달립니다.

"아가, 넘어질라. 천천히 달려라!"

오래전 친정엄마가 늘상 내게 했던 그 말을 아이에게 그대로 외치면서 하늘을 올려다봅니다. 파란 하늘엔 하얀 구름들이 쏟아질 듯 부풀어 있습니다. 방부제 없는 싱싱한 햇살 아래 아이의 손에 들린 스카프가 바람에 날립니다. 그 스카프 자락을 눈으로 따라가던 내 맘엔 보송보송 말라가던 친정 마당 빨랫줄의 하얀 이불 홑청이 아른거립니다.

처마 끝에서 대문으로 연결되어 있는 빨랫줄의 균형을 잡아주던 기다란 빨래대 끝에는 고추잠자리가 예쁘게 앉아 있었습니다.

그 모습에 끌려 신발을 신는 둥 마는 둥 마당으로 내려섰던 어릴 적 그날도 이렇게 뜨거운 햇살이었습니다. 햇살이 눈부셔 가느다랗게 눈을 뜨고 빨래대 끝의 고추잠자리를 올려다볼 때의 하늘도 이렇게 파랬고, 그 하늘의 구름도 이렇게 가득이었습니다.

빨래대를 가만히 잡아끌어 잠자리를 잡으려 했으나 하얀 이불 홑청을 매단 빨래대는 너무 높았습니다. 꽃밭을 서도 어림없이 작기만 했던 키였기에 힘껏 팔을 뻗었으나 잠자리가 있는 곳까진 닿을 수가 없었습니다. 그사이 고추잠자리는 파란 하늘로 날아가버리고 불어오는 바람에 펄럭이던 하얀 홑청이 작은 내 몸을 감쌌습니다. 홑청에 매달린 알싸한 햇빛 냄새가 코끝에 맴돌았습니다. 고추잠자리는 금세 잊고 널려 있는 이불 홑청을 몸에다 감으면서 놀던 중 빨래대가 넘어졌습니다. 풀 먹여 곱게 말라가던 이불 홑청이 마당으로 곤두박질쳤습니다. 혹시라도 그런 내가 깔끔하신 할머니한테 혼날까 봐 엄마는 소리 없이 뛰어 내려와 홑청을 후다닥 걷어 빨간 고무 대야에 얼른 담근 후 눈짓과 손짓으로 소리쳤습니다.

"아이, 얼렁 샐(사립문) 밖으로 나가란 말이다. 할매 보시믄 난리난다."

난 얼른 그 자리를 피해서 사립을 향해 뛰었습니다. 그런 나 대신 엄마가 할머니한테 늘 혼이 나셨다는 사실은 나중에야 알았습니다.

사립을 향해 내달리던 내게 엄마는 말씀하셨습니다.

"아가, 천천히 달려라. 넘어질라, 다칠라."

생각해보면 엄마는 언제나 내 편이었습니다.
소리 없는 바람막이였습니다.
엄마는 우리들의 우산이었습니다.

"아가, 천천히 달려라. 넘어질라, 다칠라."

엄마가 그러셨듯이 아이를 향해 외치면서 나 또한 아이가 달리는 초원으로 내달립니다. 까르르 웃으며 고비 초원을 달리는 아이의 손에 잡힌 스카프는 여전히 하늘을 날고, 아이의 맑은 웃음소리 또한 하늘을 날아오릅니다. ∞

04

아이가 건네준 꽃 한 송이

천지사방에 키 낮은 꽃들입니다.
그 안에 우리도 꽃입니다.
꽃이면 좋겠습니다.
꽃 같은 사람이면 좋겠습니다.
아이도… 나도….

우기를 지난 고비사막은 온통 푸른빛입니다. 사막이라면 모래와 자갈 범벅일 것이라 생각했던 나의 무지는 여지없이 깨졌습니다. 푸르게 펼쳐진 초원은 끝이 없습니다. 달리는 내내, 걷는 내내 고비는 같은 듯 다른 모습입니다. 어느 곳은 보랏빛 꽃이 흔전만전이고, 어느 곳은 하얀 꽃이 환장하게 피어나고, 어느 곳은 초록만이 넘실대고, 어느 곳은 하얀 듯 노란 듯 이름 모를 풀들이 고비를 채웁니다. 이 척박한 땅 고비에서도 저마다의 색으로 저마다의 향기를 품은 생명들이 환하게 피어났습니다.
우리 살아가는 것, 엄살 부릴 일 아닙니다.

키 낮은 꽃들 앞에 쪼그려 앉아 있던 딸아이가 꽃 한 송이 따서 말없이 건넵니다. 연보랏빛 꽃입니다.

아! 나는 내 엄마에게 꽃 한 송이 건넨 적 있었던가 생각해봅니다.

누구나 그렇듯이 나 역시 엄마는 태어나면서부터 엄마인 줄만 알았습니다. 웃음 많고 눈물도 많았던 엄마를, 잔병치레 잦았던 엄마를 쏙 빼닮은 내가 엄마도 '나와 같은 여자'라는 것을 생각이나 해본 적 있었던가? 꽃 피면 꽃 곱다, 바람 불면 바람 좋다 온 가슴으로 느끼는 나의 가슴이 엄마로부터 왔다는 생각을 해본 적 있었던가?

일흔도 안 되어서 찾아온 몹쓸 놈의 병, 치매로 자식마저 놓고 말갛게 누워서 이미자 노래를 흐드러지게 부르다 가신 고운 엄마를, 엄마가 아닌 여.자.로, 꿈도 있고 좋아하는 꽃도 있을 여.자.로 생각한 적이 있기나 했던가?

어렸을 적 장독대 옆에 분꽃씨를 뿌리자 쓰잘데기없이 귀찮은 짓 한다고 퉁생이 주시던 아버지 옆에서

"냅두시요, 꽃 피믄 안 이쁩디요?"

하시던 엄마는 도대체 무슨 꽃을 좋아하셨을까?

'이미자 노래 허는 데나 한번 델다 주라'던 엄마의 말씀에
'그래, 그럴게' 대답만 해놓고
내 새끼 키우기 바쁘다는 핑계로
그 약속 결국은 지키지 못하고 가시게 한 딸년이
아이가 건네준 작은 꽃 한 송이에
울컥 목이 메었습니다.

그렇게 가신 울 엄마도
'배추'가 아닌, '무'가 아닌
좋아하신 '꽃' 한 가지쯤 있었을 텐데
엄마는 떠나셨고, 난 엄마가 좋아하셨을 꽃 이름을
끝내 알 수 없겠습니다.

훨훨 날아 내달리는 아이와의 고비에서 뜬금없는 감정입니다. ∞

05

초원의 손짓

드넓은 초원 저편에서 말발굽 소리 우렁차게 들려옵니다.
칭기즈칸의 후예다운 모습 하나 홀연히 나타납니다.
바람처럼 달려온 사나이, 바람처럼 사라집니다.
바람입니다.

초원이 손짓을 했습니다. 아름다운 초원이 외쳤습니다.

"뛰어내려, 뛰어내리라구!"

난 차마 뛰어내리지 못하고 눈을 감았습니다.
신음소리가 절로 나왔습니다.
결국은 차를 세웠습니다.

"바이라, 여기 좀 세워줘요."

가이드가 통역을 했고, 차는 멈췄습니다.

아득했습니다. 그 풀밭…!

"해송아~~~!"
"엄마~!"

더 이상 말이 필요 없었습니다. 극한 아름다움 앞에서 언어는 더 이상 필요 없는 도구였습니다. 다시 달렸습니다. 마침내 소리 질렀습니다. 그리고 우린 환하게 웃었습니다. 문득 고개 돌리니 소금을 뿌려놓은 듯 하야스름한 풀들이 끝도 없이 펼쳐져 있습니다. 이쪽을 봐도, 저쪽을 봐도 천지사방이 하야스름한 풀들입니다.

"으으으…!"

아직 밝은 낮이건만 달밤을 달리는 느낌입니다. 소금을 뿌려놓은 것만 같은 풀밭은 문득 『메밀꽃 필 무렵』에서 '동이'가 걸었던 그 밤을 생각나게 합니다. 허생원의 뒤를 따라 타박타박 걸어가던 동이의 그 길, 메밀꽃이 하얗던 그 길을 달리는 느낌입니다. 동이를 생각하면 가슴이 애잔해집니다. 동이가 생각나는 고비사막의 한 자락도 애잔합니다.

달려도 달려도 끝이 없고, 달려도 달려도 사람 만나기 힘든 고비 사막에서 어쩌다 만나는 양떼나 말떼는 무척 반갑습니다. 어쩌다 만나는 자동차 한 대는 정말 반갑습니다. 어린 소년이 말을 타고 양떼를 몰고 있습니다. 양의 무리 속에는 염소도 섞여 있고 간간이 덩치 큰 소들도 섞여 있습니다. 우리를 흘깃 바라보던 소년은 오른손으로 고삐를 잡고 약간 뒤로 버티기도 하고 앞으로 숙이기도 하는 보기 좋은 자세로 솜씨 좋게 말을 타며 흩어져 있던 양떼를 몰고 있습니다. 넓은 초원의 깔 좋은 양이며 염소며 소들은 작은 소년의 몸짓에 모여듭니다.

얼마를 더 달리니 호수가 보입니다. 다른 해와 다르게 올해는 고비사막에 비가 많이 내렸다고 합니다. 지구촌 곳곳의 이상기후가 몽골이라고 비켜 가지 않았겠지요. 덕분에 사막은 초록빛으로 물들었고 먹을거리가 풍부해진 고비에서 가축들의 빛깔은 더 좋아졌겠습니다. 고비의 초원에서 만난 가축들은 대부분 태가 좋았습니다. 지극한 사랑과 보살핌을 느낄 수 있었습니다.

고비에서의 겨울과 봄은 가난합니다. 먹을 것 귀한 그 시기를 고비에서는 젖고개라 부른답니다. 젖고개, 봄의 흔적은 사라졌습니다. 여름의 고비는 풍성합니다. 호수 주변엔 말떼들이 놀고 있습니다. 저물어가는 해를 받아 더욱 근사해진 모습의 말들은 잘생

긴 꼬리를 천천히 흔들며 더운 여름을 식히고 있습니다. 갈기가 바람에 휘날립니다.

저 멀리 빨간 오토바이 한 대가 달려옵니다. 말떼를 모는 몰이꾼입니다. 나이 어린 소년들은 말을 타고 양이며 염소를 몰고, 어른 몰이꾼들은 오토바이를 타고 몹니다. 말을 타고 천하를 호령했던, 그리하여 마침내 유럽까지 내달렸던 칭기즈칸 후예들의 발이 말에서 오토바이로 바뀌어가고 있었습니다.

몽골인들은 광활한 땅에서 소, 양, 염소, 말, 낙타 5대 가축을 기르며 유목 생활을 해 왔습니다. 고비사막에서 가축들에게 풀을 먹이는 데는 오래전부터 전해 내려오는 순서가 있다고 합니다. 낙타와 양을 함께 모는 목동은 억센 풀을 먹지 않는 양부터 먼저 먹이고, 그 뒤에 낙타를 따르게 한답니다. 낙타는 억센 풀도 잘 먹는 까닭이랍니다.
소와 염소를 함께 모는 목동은 소를 앞장세우고 그 뒤를 염소가 뒤따르게 한답니다. 소는 풀의 뿌리 쪽까지 먹지 않고, 염소는 소가 먹고 남긴 짧아진 풀을 먹을 수 있기 때문이랍니다.
질서고 배려입니다.

내 밥그릇만 채우고자 했던 날들을 조용히 생각해봅니다. ∞

염소몰이 소녀

한 떼의 염소들이 노을 속을 걷습니다.
염소몰이 소녀의 발걸음 경쾌합니다.
손짓 나긋합니다.
사막의 지휘자입니다.
음메에에에~~~!
합창하는 염소들 소리 아름답습니다.
사막의 연주회 황홀합니다.

오늘밤 꿈길 곱겠습니다.

◇◇

어워와 조왕물

산말랭이 오를 때마다, 모퉁이 돌아설 때마다
어워를 만납니다.
푸른 깃발 나부끼는 어워에는
수많은 기원이 바람 되어 맴돕니다.
푸른 하늘 지붕 삼아 푸른 바람으로 맴돕니다.

단순한 여행객도 그곳에 서면 손 모아지는데
메마른 그 땅에서 마침내 살아내야 하는 그들에게는
얼마나 간절한 기원의 자리일까?
굽이굽이 내 삶의 고비에서 내게 푸른 깃발은 무엇이었을까?
무엇일까?

진심어린 기도를 바쳤습니다.
바람 속에 바람 하나 남겼습니다.

몽골의 정식 종교는 라마불교이지만 그들의 정신세계 중심에는 샤머니즘적 성격이 강한 '어워'에의 기원이 크게 자리 잡고 있습니다. 어워는 '돌무더기'라는 뜻으로 우리나라의 성황당과 같은 존재랍니다. '하닥'이라는 푸른 천을 걸고 시계 방향으로 세 바퀴를 돌며 소원을 비는 신성한 곳으로 종교적 역할을 할 뿐 아니라, 바다에서의 등대처럼 넓은 초원에서 길잡이 역할도 하는 곳이랍니다.

고갯길이나 마을 입구에서 주로 만날 수 있는 어워에는 간절한 흔적들이 남아 있습니다. 평생 주인의 발이 되어 달려준 말의 머리뼈를 올리고 그 말의 영혼을 위해 기도한 흔적, 운전대의 커버를 올리고 광대한 초원에서 안전 운전을 기원한 흔적, 한글로 쓰인 책을 올리고 뭔가를 깊이 기원했을 한국인의 흔적도 만날 수 있습니다. 대부분의 어워는 그다지 높지도, 위압적이지도 않아서 쉽게 다가가 편하게 손 모을 수 있습니다.
간절한 마음의 '어워'는 고향 동네의 당산나무로, 산사의 예불 종소리로 우리 곁에 자리합니다. 내게는 무엇보다 조왕물을 긷는 친정엄마의 신새벽 두레박 소리로 기억 속에 자리합니다.

동네 한가운데에 있는 샘에서 새벽물을 길어 아궁이 위의 하얀 사발에 조왕물을 올리는 것으로 엄마의 하루는 시작되었습니다. 새벽 어느 시간에 올려지는지 정확히 알 수는 없었고, 조왕물에 얹힌 엄마의 기원이 무엇이었는지 구체적으로 알 수는 없었으나 가끔씩은 아직 깨어나지 못한 잠결에 엄마의 두런거리는 기원을 들을 수 있었습니다.

엄마의 조왕물은 소리 없는 정성이었습니다. 엄마는 아무도 긷지 않은 첫 샘물을 제일 먼저 길어다 조왕물로 올리고 싶어 하셨습니다. 그러기 위해서는 동네에서 제일 먼저 일어나 샘을 향하셔야 했습니다. 식구들이 깰세라 발소리 죽이며 사립을 나서 텃밭을 지나, 뱀처럼 꼬불거리는 좁은 논길을 지나 동네 한가운데 샘물에 당도해서 누구의 손도 타지 않은 그날의 첫 물을 긷노라면 그저 감사했다는 말씀을 하시곤 했습니다.

하지만 누군가 엄마보다 먼저 샘물을 길어 갔다는 흔적을 발견할 때면 당신의 정성이 부족했다 생각되어 꺼림칙하셨다고, 그것도 번번이 건넛집 아주머니임을 알게 될 때는 더욱 그러셨다고 엄마는 말씀하시곤 했습니다. 깐깐하신 할머니의 닦달이 굳이 아니더라도 엄마의 조왕신 모시기는 지극하셨습니다.

부엌은 언제나 정갈하게 해야 한다 하셨고, 부엌에서는 나쁜 말을 해서도 안 된다 하셨습니다. 조왕물이 올려져 있는 곳의 부뚜막에 걸터앉거나 발을 얹으면 안 되었습니다. 늘 따뜻하셨던 엄마의 얼굴이 조왕물이 있는 곳에서는 왠지 다르게 보였습니다.

아버지가 만들어주신 조왕물 자리는 커다란 검은 가마솥 바로 위, 안방으로 들어가는 불고래 위였습니다. 엄마는 아궁이로부터 흘러나온 그을음으로 까맣게 된 주변을 언제나 깨끗이 닦고 물을 올리셨습니다. 잘 닦여 반질거리는 무쇠솥의 검은색과 대비된 조왕 중발의 흰색은 유난히 하얗게 보였습니다. 엄마의 정성은 조왕 중발의 하얀색으로 떠오릅니다.

조왕물을 담았던 부엌의 하얀 사발도 사라졌고, 새벽 첫 물에 대한 욕심으로 보이지 않게 경쟁을 하셨던 어머니들도 모두 떠나셨습니다. 세상은 바삐 변했고, 지극한 정성의 마음도 차츰 사라졌습니다. 정신없이 돌아가는 세상 속에서 우린 쳇바퀴 돌리기에 여념이 없습니다.

돌무더기 어워 앞에서 손 모아 기원을 한 후 아이에게 외할머니의 정성을 얘기해주었습니다. 집안의 신앙 중에서도 부엌에 존재하는 조왕신은 부녀자들의 신앙이었다는 사실을, 여인들은 이른 새벽 샘물을 길어다 물을 올리며 가운(家運)을 빌었다는 사실을, 외할머니는 새벽마다 그렇게 집안을 위해 정성을 올렸다는 얘기를 해주었습니다.

푸른 깃발 나부끼는 어워에는 잊혀간 친정엄마들의 맑은 정성이 돌이 되어 차곡차곡 쌓이고 있었습니다. ∞

08

센베노
◇◇◇◇◇◇◇◇◇◇

저녁 무렵, 바가 가즈린 출루(Baga Gazlin Chuluu)의 게르에 도착했습니다. 침대 몇 개 덩그러니 놓여 있습니다. 전기는 물론 없습니다. 타다 남은 초 토막에 불을 붙입니다. 준비해 간 플래시를 꺼내 놓습니다. 그걸로 충분합니다.

하루 종일 땀을 흘리고 먼지를 마시며 터덜터덜 달리고 뛰고 걸었으나 샤워는 생각조차 할 수 없습니다. 물휴지 두어 장으로 세수를 하고 컵라면 한 개로 배고픔만 겨우 면했습니다. 그동안 우린 너무 많은 소비를 했음을 생각합니다.
하늘엔 보름 며칠 지나 기울어져 가는 달이 휘영청 밝습니다. 너무나도 밝은 달빛이 낯설기만 합니다. 긴팔 옷을 꺼내 입고 침낭 속으로 들어가자 아이가 작은 목소리로 인사를 전합니다.

"엄마, 잘 자."
"그래, 너도 안녕."

아! 사막에서의 첫날밤입니다.

아이의 고른 숨소리가 가만가만 들려옵니다.

난 무엇을 위해 이 고비사막 한가운데 누워 있는 것일까?

표현할 수 없는 그 무엇이 울컥 치밀어 올랐습니다.

고비에서도 버릇은 여전했습니다. 늘 그렇듯이 아침이 채 되기
도 전 신새벽부터 잠은 깼습니다. 고비사막에서의 첫 아침을
조용히 시작합니다. 행여 일행들의 잠을 깨울세라 조심조심 게
르 밖으로 나왔습니다.

잠에서 덜 깬 고비의 푸른 아침, 하늘에는 하얀 달이 여전히 둥
실 떠 있습니다. 사람도 자고, 가축도 자고, 푸르공도 자는데 달
님만 온 밤을 하얗게 지샜겠습니다.

아침을 짓기 위해 비어 있는 옆 게르로 조용조용 갔습니다. 어둑
한 게르, 아무도 없는 텅 빈 게르엔 작은 마을에 들러 사 온 먹거
리 박스 두어 개 덩그러니 놓여 있습니다. 쌀 씻어 솥에 안치고
두 팔로 무릎을 껴안은 채 어둑한 게르에 쪼그려 앉습니다. 그리
고 무릎에 가만히 얼굴을 묻습니다. 시간이 멈춰진 듯 아득합니
다. 하얗게 지어진 밥 냄새가 좋습니다.

일행들이 깨어나길 기다리며 주변을 둘러봅니다. 아직 푸른 기
는 그대로입니다. 게르 앞마당에는 판자 조각 몇 개 어설프게 세
워진 주변으로 100여 마리쯤 될 듯한 염소들이 옹기종기 자고 있

습니다. 여름에도, 겨울에도, 비가 와도, 눈이 와도 이 녀석들은
이렇게 지낸다 합니다. 풍찬노숙입니다.

고비 하늘의 푸른색이 서서히 가신 자리에 분홍빛 물이 들어갑
니다. 해님이 오신다는 소식입니다. 가만히 앉아 떠오르는 해를
바라봅니다. 해돋이는 어느 하늘 아래에서 보든 같은 맘으로 성
스럽습니다. 어제 아침에 뜬 해이고, 집에서도 만난 해임에 틀림
없으나 '해돋이'라 생각하고 바라보는 순간, 다른 해로 다가옵니
다. 향일암의 해돋이가 그랬고, 천왕봉의 해돋이가 그랬고, 바라
나시 갠지스 강가의 해돋이가 그랬습니다. 나도 모르게 손 모아
집니다. 고비의 아침도 그렇습니다.

3년 전입니다. 아이가 대입 원서를 넣어야 했습니다. 최선을 다
했을 아이에게 엄마의 정성을 보태고 싶었습니다. 천왕봉의 해
님에게 손 모은 후 원서를 넣게 하고 싶었습니다. 저녁을 먹고
백무동을 향해 고속도로를 달렸습니다. 정확하게 밤 열두 시에
시작된 천왕봉을 향한 걸음은 묵도였습니다. 보름달 훤한 지리
산은 선계였습니다. 간간이 들리는 산짐승 소리에 놀라기도 했
지만 달빛 아래 하얗게 깔린 길은 천상을 향한 길이었습니다. 그
길 위에 떨어지는 나무 그림자들이 친구가 되어 줬고, 언뜻 스쳐
지나는 바람이 벗이 되어 줬습니다. 하얗기도 까맣기도 했던 그
지리산의 밤을 잊을 수가 없습니다. 그 밤을 건너 아침 여섯 시

에 만난 천왕봉의 해돋이를 잊을 수가 없습니다. 삼대가 적선을 해야 만날 수 있다는 천왕봉의 해는 늘 붉고 귀하지만 그 아침의 해는 또 달랐습니다. 간절히 손 모았습니다.

고비사막에서 만난 첫 아침의 해에서 지리산의 해를 생각합니다. 아이와의 사막 길에 다시 손을 모읍니다.

조금 훤해지자 잠에서 깨어난 녀석들이 하나둘씩 자리에서 일어납니다. 염소 한 마리, 염소 두 마리, 검은 녀석 한 마리, 하얀 녀석 한 마리 모두모두 일어납니다. 웃통 벗은 주인아저씨는 일어나자마자 염소 주변을 살핍니다. 볼 빨간 아이들도 게르 문을 열고 나옵니다.

"센베노(안녕)!"

웃으며 인사를 건네자 아이들도 수줍게 웃으며 인사를 합니다.

"센베노!"◇◇

09

그 마을 이름은 잊었지만

물을 구하기 위해 들렀던 그 마을의 이름은 잊었습니다. 발음하기가 어려워서 처음부터 몰랐다고 해야 옳겠습니다. 사람 구경하기 힘든 사막을 달리다 보니 어쩌다 들른 마을에서 만나는 그곳의 사람들이 반갑습니다. 작은 눈에 광대뼈가 나왔고, 엉덩이엔 몽골반점이 있을 사람들. 우리들의 모습입니다. 괜히, 반갑습니다.

영어로 펩시라 쓰인 파란 간판 아래에는 전통 의상을 입은 어르신들이 옹기종기 앉아서 해바라기를 하고 계십니다. 어르신들의 옷은 대개 갈색이거나 자줏빛이고 넓은 주황색 허리띠를 맸습니다. 검정이거나 갈색의 가죽 부츠를 신고 멋진 모자를 쓰셨습니다. 여름날인데도 어르신들의 복장은 대부분 그렇습니다.
구릿빛 얼굴에 웃음이 좋으신 어르신과 주황색 셔츠를 입은 어르신에게 파란색 웃옷을 입은 어르신이 다가가 악수를 나눕니다. 환하게 웃으시는데 빠진 이가 귀엽습니다.

색 바랜 페인트가 벗겨진 담벼락 아래 분홍빛 옷을 입은 할머니가 전을 벌여 놓고 손님을 기다리고 있고, 분홍빛 볼을 가진 소녀가 분홍 점퍼를 입고서 꽃무늬 고운 분홍 양산을 받쳐 드리고 있습니다.

할머니를 따라 나선 분홍 점퍼 소녀는 어젯밤부터 분명 설레었을 것입니다. 분홍 옷에 예쁜 스타킹을 신고 물건을 파는 할머니 곁에 쪼그리고 앉아 오고 가는 사람들 구경하는 것만도 신이 나는데, 물건을 다 팔고 난 후 할머니가 사주실 사탕 생각에 아마도 새벽부터 잠을 깨서 분홍 옷을 만지작댔을 것입니다.

어쩌다 따라 나선 장 구경에 너무나도 신이 났던 기억이 있습니다. 우리 집 장 나들이는 할머니의 몫이었습니다. 장에 가실 때면 할머니는 언제나 한복을 곱게 차려입으셨습니다. 엄마가 할머니의 한복을 손질하고 고무신을 하얗게 닦으실 때면 장날이 다가온다는 것을 말해주는 것이었습니다. 할머니께 사정을 해서 장 나들이를 따라갈 수 있게 된 날은 전날 밤부터 잠을 설치곤 했습니다.

꼬막 자루가 켜켜이 쌓여 있는 철다리를 지나고 왁자한 선술집도 지나 왼쪽으로 꺾어 들어가면 참기름 냄새 고소한 떡 방앗간이 나왔습니다. 힘 좋은 아저씨의 손에 들린 떡시루에서 피어나던 뜨거운 김은 꿈속 같았습니다.

할머니가 장에 나가실 때면 꼭 들르시던 방앗간 앞 그릇 가게에는 온갖 그릇들이 그득그득 쌓여 있었습니다. 그곳을 갈 때마다 할머니는 그릇을 참 좋아하시나 보다 했는데 지금 생각해보니 큰고모의 시누이가 하시는 그릇 가게였으니 딸 소식 혹여 들을 수 있을까 하는 친정엄마의 걸음이었겠습니다.

할머니가 사돈이랑 얘기를 나누시는 동안 나는 구경하기 바빴습니다. 조르라니 쌓여 있던 노란 양재기들, 반짝반짝 빛나던 숟가락 세트, 거울처럼 내 얼굴이 환하게 보이던 은빛 냄비들, 높이 높이 쌓여 있던 주황 바가지들이 하도 예뻐서 넋을 놓고 쳐다보고 있다가 말씀 끝내고 나가신 할머니를 놓쳐 정신없이 달려가던 길가에는 마른 망둥어며 북재기가 입을 벌리고 층층으로 묶여 누워 있었습니다.

"귀 막으씨요오오~!" 하는 튀밥 아저씨의 소리와 함께 '퍼엉' 하는 소리는 시장을 흔들었고, "워매, 귀창 떨어져불겠네." 하며 깔깔 웃던 아주머니들은 까만 튀밥 망에서 하얗게 튀어져 나온 강냉이를 한 줌씩 얻어서 볼이 터지도록 우물거렸습니다.

튀길 순서를 기다리느라 줄줄이 놓인 생강냉이 보퉁이들 옆에서 "아이고, 바뻐 죽겄는디 언제까장 지달려야 쓰까잉." 하며 할머니는 종종대시다가 "아가, 니는 여그서 우리 꺼 튄가 보고 있그라잉. 쩌그 비린 거 몇 마리 사 갖고 올 것잉께.", "할무니, 나 혼자 어찌케 있으라고? 얼렁 와잉." 할머니는 내 말이 다 끝나기도 전에 한복 치맛자락을 왼손으로 끌어 움켜쥐고 생선전 쪽으로 바삐 가셨습니다.

튀밥 튀어지는 순서가 돌아오고 있는지 확인을 하면서 할머니가 오시는지도 살펴야 했던 난 이리저리 고개 돌리기가 바빴고 혹시나 할머니를 잃어버릴까 봐 가슴은 두근거렸습니다.

할머니가 돌아가신 후에야 엄마는 장을 보러 다니실 수 있었습니다. 할머니의 상여를 붙들고 서럽게 우시던 엄마는 얼마 지난 후 이내 환한 모습으로 거듭나셨고, 할머니의 특권이었던 장 나들이는 엄마에게 넘어갔습니다. 할머니에서 갑자기 엄마로 변한 장날의 모습에 처음엔 어색했으나 곧 익숙해졌습니다.

장에 나가신 엄마를 목이 빠져라 기다리고 있다가 저 멀리 엄마가 보일 때면 부리나케 달려가서 엄마 손에 들린 보퉁이를 낚아채듯 받아오곤 했습니다. 엄마의 수고를 덜어 드리기 위함보다는 보퉁이 속에 무엇이 들어 있을지 궁금해서였고 집에까지 가는 발걸음은 정신없이 빨랐습니다. 그 보퉁이가 빨리 풀리길 바라면서 우리는 마루 끝에 다리를 덜렁대며 조르라니 앉아 있곤 했습니다.

엄마는 물 한 대접을 벌컥벌컥 마신 후 "아이고, 되다!" 하시며 장짐이 들어 있는 보퉁이를 풀기 시작하셨습니다. 침을 꼴깍꼴깍 삼키며 엄마의 손길을 따라다니는 내 눈에는 환하게 불이 켜져 있었습니다.

엄마의 장 보퉁이 속에도 할머니 때처럼 우리 남매가 모두 기다리던 손가락 과자가 반드시 들어 있었습니다. 할머니 때와 다른 점은 할머니는 장을 봐 오신 물건들을 다 정리하신 뒤에 과자 봉지를 우리에게 주셨는데 엄마는 보퉁이를 풀면 맨 먼저 과자 봉지부터 주셨습니다.

우리는 열 손가락에 고깔처럼 과자를 씌워서 야금야금 먹으면서 보퉁이를 푸는 엄마를 느긋하게 구경하곤 했습니다. 동생이나 언니보다 더 늦게까지 먹고 싶어서 과자감투를 씌운 열 개의 손가락을 벌린 채 살짝살짝 침을 묻혀 녹여 먹으며 바라보는 엄마의 보퉁이 속에서는 갈치도 몇 마리 나오고, 콩나물 봉지도 나오고, 날선 새 호미도 나오고, 줄무늬 내 스웨터도 나왔습니다.

그때는 몰랐습니다.

엄마의 손에 그 장 보퉁이가 들리는 날이 오기까지 얼마나 많은 세월을 지나야 했는지, 딸 다섯을 낳고 깐깐한 할머니 밑에서 얼마나 심한 시집살이를 하셨는지, 경제권을 비롯해서 어떤 권한도 없이 그저 묵묵히 살아내셔야 했던 삶이 어떤 것이었는지 전혀 몰랐습니다.

할머니가 돌아가시고 장보기가 엄마의 권한으로 넘어왔을 때 엄마의 기분은 어떤 것이었을까? 깨끗한 옷으로 갈아입고 장을 보러 나가신 날 엄마가 바라본 하늘은 무슨 색이었을까? 장 보퉁이 속에서 다른 것은 놔두고 우선 과자 봉지부터 자식들에게 건네주시던 엄마의 마음은 어떤 마음이었을까?

생각해보니 엄마는 어떤 삶을 살고 싶으셨는지
여쭤본 적이 단 한 번도 없습니다.
엄마의 꿈은 무엇이었는지
여쭤본 적이 단 한 번도 없습니다.
희생으로 살아오신 엄마의 삶에 얼마만큼 만족하셨는지
헤아려 본 적이… 글쎄, 없습니다.

엄마는 어디를 가보고 싶으셨는지
무엇을 가장 해보고 싶으셨는지 여쭤보지 못하고
떠나신 지 한참이나 지난 지금에서야
내 아이와의 고비 여행길에서
고비고비 힘드셨을 엄마 삶의 고비를 생각합니다.

오늘 밤 할머니 장에 따라 나와서 분홍 점퍼를 차려입고 분홍 우
산을 받쳐 든 몽골 소녀의 손가락에도 야금야금 아껴 먹을 손가
락 과자 몇 개 감투처럼 씌워질까요? ◇◇

10

끝없는 파꽃밭을 지나며

남쪽으로 내려갈수록 풀들이 점차 줄어드는 듯했습니다. 점차 암석이 많아졌습니다. 자갈투성이의 삭막한 사막에도 생명은 자라고 있었고 꽃을 피워내고 있었습니다. 몇 시간째 달려도 같은 식물, 같은 꽃이 만발했다가 어느 만큼 지나면 다른 식물 다른 꽃이 또 몇 시간 달릴 만큼 계속되었습니다.

그런데 한참 달리다가 어느 곳을 지나자 콧물이 나고 눈이 매웠습니다. 피곤해서 그런가, 먼지가 많아서 그런가 했으나 이유는 '후물'이라는 식물 때문이었습니다.

후물은 고비사막에서 자라는 야생파의 일종인데 정말 끝도 없이 피어 있었습니다. 이 꽃이 만발한 곳은 걷지 않고 자동차로 지나기만 해도 어김없이 매웠습니다. 후물이 피어 있는 곳을 걸으면 눈물이며 콧물이 줄줄 흘렀습니다.

줄기는 가는 파와 달래 모양이고 연분홍빛과 흰빛이 섞여 피어나는 꽃은 파꽃처럼 생겼습니다. 고비사막의 사람들에겐 매우 요긴한 식물이랍니다. 장아찌로 담아서 먹기도 하고 감기에 걸릴 때 끓여 마시기도 한답니다. 한 줄기 뜯어서 맛을 보니 파와 양파와 달래와 부추 맛이 섞인 듯한 매콤한 맛입니다.

아! 달려도 달려도 후물 꽃밭입니다.
아침부터 저녁까지 달려도 후물 꽃밭입니다.

어릴 적 우리 집 밥상에는 겨울에서 봄이 올 때까지 쪽파 나물이 늘 올랐습니다. 엄마는 스스~ 소리를 내며 곱게 손질한 쪽파를 찬물에 휘휘 씻었습니다. 차가운 겨울 물에 담가진 엄마의 맨손은 금세 빨개졌고 쪽파의 초록빛과 엄마의 빨간 손은 선명하게 구분되었습니다. 엄마는 빨개진 손으로 아궁이에 불을 지펴 쪽파를 데쳤습니다. 초록빛 선연하게 데쳐진 쪽파는 돌돌 말려 집 간장 조금, 볶은 깨 한 숟갈, 귀한 참기름도 몇 방울 넣어 조물조물 무쳐져 밥상에 올랐습니다. 파를 많이 먹으면 머리가 좋아진다는 어른들의 말씀을 어기지 못해 깨 듬뿍 묻은 쪽파 나물에 젓가락이 자주 갔습니다. 돌돌 말아 빵빵해진 쪽파를 입에 넣어 씹을 때면 톡톡 터졌습니다. 그 맛을 좋아했었는지 싫어했었는지 기억은 없습니다. 다만, 찬바람 불어오는 겨울에서 앞산에 진달래 흰히 피어오르는 봄이 올 때까지 파릇한 파나물은 돌돌 말려 빵빵해진 모습으로 자주도 밥상에 올랐습니다.

논일로, 밭일로, 바다일로 바쁘기는 말로 다 할 수 없었을 텐데 그냥 대충 잘라서 무치지 않고 어찌 그리 늘 예쁘게 말아서 나물을 하셨을지 그 정성이 아련합니다.

엄마의 세상보다 편한 세상에서 살아가고 있는 나는
너무 대충 살아가는 것 아닌지 모르겠습니다. ∞

11

양고기 칼국수를 맛보다

후물의 매콤한 맛에 눈물 쏙 빼고 다시 달리다 보니 반가운 게르 한 채 아득하게 보입니다. 얼마 만에 만난 사람 흔적인지 모르겠습니다. 그것도 식당이라니 더욱 반갑습니다.

문을 열고 들어서니 양고기 냄새가 훅 풍겨옵니다. 양고기는 몽골에서 가장 흔한 고기입니다. 가게에 들러 아이스크림이 들어 있음 직한 냉장고를 열면 숭숭 잘린 피 묻은 양고기가 그득입니다. 처음엔 깜짝 놀라 얼른 문을 닫았지만 몇 번 보니 금세 익숙해지긴 했습니다.

양고기를 넣은 칼국수를 주문했고 말수 적은 아주머니는 손때 묻은 양푼에다 양고기를 잘라 넣고 즉석에서 볶습니다. 고기 볶는 냄새가 게르 안을 꽉 채웁니다.

칼국수가 끓여지는 동안 우리는 소젖을 발효시켜 만들었다는 수태차 한 잔씩을 마시며 텔레비전을 봅니다. 식당 게르에는 발전기를 이용해서 전기를 사용하고 있었고 텔레비전에서는 경기 중계가 한창입니다.

알아먹을 수 없는 몽골어 중계를 들으면서 주변을 둘러보는데 의자 한 개 눈에 쏙 들어옵니다. 페인트 칠 희끗희끗 벗겨진, 적당히 세월을 먹은 의자입니다.

언제부턴가 오래된 것의 아름다움에 맘길도, 눈길도 더 갑니다.
패션 공부를 하는 아이가
오래된 것의 아름다움을 볼 줄 아는 눈을 가지길 원합니다.
우리 것에 대한 지극한 애정의 눈 가지길 원합니다.
'모든 생명은 서로 바라보다가 마음이 이어진다'고 했던가요?
아이가 그 눈 가지면 좋겠습니다.
그런 맘자리면 참 좋겠습니다.

아이가 처음 대학에 입학했을 때 입학 기념선물로 뭘 해줄까 잠깐 고민하는데 번뜩 스치는 게 있었습니다. 우리의 옛 여인들이 짠 옷감을 선물하면 좋겠다 생각했습니다.

쌔고 쌘 것이 멋진 옷감이고 곱고 화려한 문양이야 가게마다 그득하지만, 말 잘 듣는 고성능 기계로 짠 옷감이야 천지사방에 널렸지만, 우리의 어머니와 할머니들의 세월을 머금은, 눈물과 한

숨과 정성이 오롯이 배어 있는 옛 옷감만 한 것 어디 있을까 싶어서 패션을 공부하게 된 아이에게 묵은내 나는 옛 명주 한 필 반, 생모시 한 필을 선물로 건넸습니다. 손으로 손으로 실을 잣고, 손으로 손으로 올올이 엮은, 허벅지의 잔털은 간 데 없고, 앞니가 닳아지도록 지어냈을, 어머니들의 한 세월 그렇게 배어 있을 옛 명주 한 필 반, 생모시 한 필 아이에게 건넸습니다.

아이는 새로운 것을 지어내야 하는 일을 하겠지만 그 일들이 오래된 것의 아름다움을 보고 느낄 줄 아는 맘자리에서 출발하길 바라는 맘입니다.

"엄마, 파란색이 정말 많다."
"그러게, 온통 파랑이네."

파란색 기둥이 집 한가운데 세워진 게르에는 파란색 천이 둥글게 쳐져 있고, 뗏국물 앉은 파란색 비닐 테이블보가 덮인 식탁 위에는 뜨끈한 수태차가 담긴 파란색 플라스틱 보온병이 놓여 있고, 그 옆엔 파란색 수저통이 놓여 있습니다. 곳곳에 자리한 파란색을 원 없이 만납니다.

몽골인들이 가장 좋아하는 색깔이 파랑이라는 사실을 다시 확인하는 사이, 양고기 칼국수가 나옵니다. 희끗한 양고기 국물에 국수가 가득 담긴 그릇도 파란색 테두리입니다.

비릿한 양고기 냄새가 나는 칼국수를 한입 넣자 후욱 비위가 상합니다. 40도에 육박하는 더운 날씨에 하루 종일 달리고 걸어서 그렇잖아도 밥맛이 없는데 채소 한 조각 들어있지 않고 양고기 냄새 가득한 칼국수를 먹자니 고역입니다.

후물로 만든 장아찌를 얹어서 몇 젓가락 뜨다가 게르 밖으로 나옵니다. 앉아서 쉴 만한 그늘을 찾아보지만 어디에도 그늘은 보이질 않습니다. 넓고 넓은 고비의 초원에서 우리 눈에 들어오는 것은 방금 칼국수를 먹었던 식당 게르 한 채와 우리들이 타고 다니는 자동차 두 대뿐 아무것도 볼 수가 없습니다. 그늘이라고는 자동차가 달고 있는 아주 작은 그늘 한 자락이 전부입니다. 그 작은 그늘에 딸아이와 나란히 앉아서 하늘을 바라봅니다.

작아서, 없어서 귀함을 생각할 수 있는 소중한 시간입니다. 풍부하고 편리한 것이 좋은 것만은 아니라는 것을 다시 생각합니다.

"있지, 외할머니가 끓여주신 팥칼국수 맛은 정말 좋았는데…."
"엄마, 칼국수 별로 좋아하지 않잖아."
"외할머니가 끓여주신 것은 정말 맛있었거든."

콩밭을 매고 오신 엄마가 샘가에서 시원하게 물 한 대야를 끼얹고 "으매, 씨원헌거어~~!" 하시며 물기 찌걱거리는 고무신 걸음으로 광문을 열어 밀가루를 꺼내 오실 때부터 나는 신이 났습니다. 칼국수를 끓일 때마다 사용하는 비료 포대가 마루에 펼쳐지면 언니들과 둘러앉아 침을 꼴깍 삼키면서 엄마의 멋진 손놀림을 기다렸습니다.

커다란 스텐 양푼에 담겼던 밀가루 반죽이 펼쳐진 비료 포대에
처억 놓이고부터 엄마의 요술은 시작되었습니다. 반죽 덩어리를
대충 동글납작하게 만든 다음 방망이를 그 위에 놓고 엄마는 요
술을 부렸습니다. 건너편에 앉아 계신 할머니 쪽으로 밀었다가
엄마 쪽으로 다시 끄집어 밀었다가, 왼손으로 방망이를 잡고 왼
쪽으로 밀고 오른손은 밀가루를 살살 잡아당기기도 하다가, 그
러다 하얀 밀가루를 휘이익 흩뿌리고 다시 밀고 당기고 흩뿌리
다 보면 어느새 절구통 입만큼 넓고도 얄포롬한 반죽이 탄생했
습니다.

그 밀가루 반죽을 만져보고 싶어서 슬쩍 손을 내밀라치면 할머
니는 여지없이 혼을 내셨고, 나가던 손은 깜짝 놀라 비료 포대
끝자락의 밀가루 위에서 멈칫하고 말았습니다.

할머니가 계시지 않을 때면 엄마는 우리에게 반죽 조각을 떼어
주시기도 했고 밀가루를 만지작대고 놀아도 뭐라 하지 않아서
작은 손들은 하얀 밀가루로 범벅이 되기도 했지만, 할머니가 계
실 때면 언감생심 꼼짝없이 얌전히 구경만 해야 했습니다.

얇고 예쁘게 만들어진 밀가루 반죽에 다시 한 번 하얀 밀가루를
휘익 뿌린 후 도르르 말아서 엄마는 칼질을 했습니다. 톡톡톡 칼
질 소리는 일정했고 잘려서 나란히 세워진 밀가루 가락은 예술
이었습니다. 그 모습을 참다못해 아주 빠른 속도로 얼른 한 번

만져보다가 기어코 할머니께 욕을 먹으며 뒤로 물러서야 했을 때도 내 눈은 칼질하는 엄마의 손과 국수 가락에서 떨어지지 않았습니다.

굵은 땀방울이 송골송골 맺힌 얼굴로 칼질을 마친 엄마는 조르라니 서 있는 반죽 가락에 다시 한 번 밀가루를 휘익 뿌린 후 하얀 밀가루 묻은 두 손으로 국수 가락을 엄마 가슴 높이 만큼 들었다 놨다 털었다 합쳤다 하기를 반복했습니다. 조르라니 놓여 예쁜 모습이 흐트러지는 것이 싫었지만 나도 엄마처럼 국수 가락을 털어보고 싶다는 생각을 하면서 엄마를 바라볼 때 훅 풍겨오던 엄마의 냄새는 땀 냄새였습니다. 손질된 팥 국물이 끓고 있는 솥뚜껑을 열고 칼국수 가락을 탈탈 털어 넣을 때에는 엄마의 땀 냄새가 팥 내음에 묻혔습니다.

붉게 끓여진 팥칼국수는 널찍한 양푼에 담아져서 이웃집들로 날라졌습니다. 얼른 먹고 싶은데 다른 집부터 갖다 주라는 엄마가 야속해서 입을 내밀고 엄마에게 한마디씩 내뱉곤 했습니다.

"엄마는 뭐더게 이라고 많씩 넘들한테 주라 그래. 우리 묵을 것도 없겠구마."
"도치기같이 우리만 묵으먼 쓰가니, 나놔 묵어야재."

벌겋게 달궈진 얼굴에 맺힌 땀방울을 훔치면서 부엌을 나오시는 엄마의 말씀을 거역하지 못하고 심부름을 해야 하는 게 싫었지

만 그보다 더 싫은 건 부끄럼이 많아서 남의 집을 못 가는 언니 때문에 심부름을 더 많이 해야 한다는 사실이었습니다.

"연숙아, 니는 쩌 우에 맹석이네 갖다 줘. 나는 웃집 갈 거여."

"언니야, 맹석이 즈그 집은 먼디?"

"나는 숙이 즈그 집이랑 쩌 아래 맹숙이 집도 가야 헝께 글재."

혹시 칼국수 그릇을 엎을까 봐 두 손으로 받쳐 들고 허리를 옹크리고 이 집 저 집 팥칼국수를 배달하자면 팔다리가 덜덜 떨리기도 했습니다. 평소에는 모르고 쏘다녔던 길들에 그날은 왜 그리 돌들이 많고, 집집마다 계단은 또 왜 그리 많던지…. 그런 뒤에 먹었던 칼국수 맛은 붉은 팥보다 더 붉게 맛났습니다.

생각해보면 친정엄마는 우리에게 언제나 허용적이었고, 무엇이건 인정해주셨고, 잘한다는 말씀만 하셨던 것 같습니다. 사감 선생님 같았던 할머니와 소리 없는 지원군이셨던 엄마는 우리들의 교육에 환상의 콤비였지 싶습니다.

점심을 먹은 일행들이 게르 문을 열고 나옵니다. 바이라 아저씨가 푸르공의 시동을 걸기 위해 차문을 열었고, 딸아이와 나를 가려주던 자동차의 작은 그늘이 파르르 흔들립니다. ∞

12

붙잡힌 도마뱀

◇◇◇◇◇◇◇◇◇◇◇◇◇◇◇◇◇◇◇◇

고비를 삼킬 듯 거센 바람 속에서 살아남은 생
명들의 의연함을 봅니다. 고비사막에서는 황무
지쥐, 고비전갈, 도마뱀, 조롱박벌, 개미떼, 독수
리 등을 흔히 만납니다. 일행에게 도마뱀 한 마
리가 붙잡혔습니다. 꼬리를 끊고 도망가려다 붙
잡힌 녀석의 몸에 붉은 피가 묻었습니다.

나는 살아오면서 내 삶의 꼬리 잘라버리고 싶었
던 적 몇 번이나 되었던가?
차마, 잘라내버리지 못하고 꾸역꾸역 그 꼬리
이은 채 살아내야 했던 날 몇 날이나 되었던가?

결혼 말이 오고 가던 어느 날 집안 어른 한 분이 내게 해주셨던 말씀을 생각합니다. 엄마는 차나무 같은 사람, 물과 같은 사람, 땅과 같은 사람이 되어야 한다는….

처음 그 말을 들었을 때엔 여자의 희생만을 강요하는 것 같아서 수긍하기가 힘들었지만 이제는 그 말씀에 고개가 끄덕여집니다. 물론, 여자만이 아닌 인간이 지녀야 할 삶의 태도라고 바꾸어서 아이에게 전하고 싶습니다.

첫째, 차나무는 일직선으로 깊이 뿌리를 내려 수분과 미네랄을 흡수하는데 보통 줄기의 3배가량 깊이의 뿌리를 가진 나무가 좋은 차나무라 합니다. 한 곳에 깊이 뿌리를 내리고 살기에 다른 곳으로 함부로 옮기지 않아야 한답니다. 깊이 뿌리 내린 차나무의 잎으로 지은 차에는 달고, 쓰고, 떫고, 시고, 짠맛의 오미가 골고루 들어 있고, 궁극은 이 다섯 가지 맛의 총체인 고소한 맛을 낸다고 합니다. 땅속 깊이 뿌리를 내리고 제자리 꿋꿋하게 지켜서 제 맛을 낼 줄 아는 차나무의 성질이야말로 우리들이 본받아야 할 성질이 아닐까 싶습니다.

둘째, 물은 세모난 그릇에 담으면 세모 모양이 되고, 네모난 그릇에 담으면 네모 모양이 됩니다. 하지만 모양이 다르다 해서, 모습이 변했다 해서 물의 기본적인 성질까지 변한 것은 아닙니다. 자기 성질은 그대로 갖되 상황에 따라 모습을 달리하며 자신과 주변을 지킬 줄 아는 자세로 필요한 존재가 되는 것, 이 또한 본받아야 할 성질이지 싶습니다.

셋째, 제 아무리 하늘이 천둥 번개를 치고 비바람이 불어대도 땅이 굳건하게 자기 자리를 지키고 있으면 세상의 생명들은 안녕하나, 땅이 화를 내고 움직이면 어느 것도 존재할 수 없다는 말씀이었습니다. 하늘이 높고 땅이 낮다는 그런 개념이 아니라 쏟아지는 비를 품어내고, 뭇 생명을 보듬어주어 마침내 모든 생명이 살아가게 해주는 땅의 자세야말로 급변하는 세상에서 잃지 말아야 할 삶의 자세가 아닐까 싶습니다.

사나워져가는 세상에서 여성성의 신장은 더없이 필요합니다. 여성성은 곧 모성이고 모성이야말로 세상을 살리는 것이 아닐는지요? 우리가 흔히 쓰는 '살림'이라는 말은 결코 단순한 말이 아님을 실감하는 날들입니다. 밥을 짓고 빨래를 하고 청소를 하는 일들을 우리는 '살림'이라 부릅니다. 이 활동으로 가족이 '살아나고', 그들이 사회의 구성원으로서 사회를 '살려내고', 그리고 세상을 살리는 것이라고 아이에게 말합니다. '살림'이 어찌 하찮은 것일까요? 그 살림을 해내는 어머니의 눈으로 세상을 바라본다면 풀리지 않을 게 무엇일까요?

살아오면서 내 삶의 꼬리를 잘라버리고 싶은 날도 있었지만, 차나 무처럼, 물처럼, 땅처럼 살아내다 보면 도마뱀 꼬리 다시 자라나 듯이 내 삶도 무장무장 괜찮아질 것임을 확신합니다. 그 마음이 모아져 팍팍한 세상도 또한 무장무장 괜찮아지리라 믿어봅니다.

붙잡혔던 도마뱀을 놓아주자 순식간에 작은 돌 틈으로 사라졌습니다.

"엄마, 도마뱀 꼬리 금방 자라나겠지?"
"그러겠지. 그런데 새로 자라나는 꼬리는 원래 있었던 꼬리보다는 유연성이 덜하대. 우리 살아가는 모습도 그럴까 봐 걱정이야. 세월 먹어갈수록 부드럽고 싶은데…."

아이는 도마뱀이 사라져간 쪽을 오래도록 보고 있었습니다. ∞

13

비우기, 채우기

◇◇◇◇◇◇◇◇◇◇◇◇◇◇◇◇◇◇◇◇◇

사막을 달리던 푸르공이 갑자기 멈춥니다.

아득하게 먼 곳에 여우가 나타났다고 바이라 아저씨가 말합니다.

망원경을 들이댔으나 우린 찾을 수가 없습니다.

못 보면 또 어떻습니까?

거기 여우가 있었다고 믿으면 그만이지요.

멀리 있는 것까지야 보지 못하더라도

보이지 않는 것까지야 보지 못하더라도

내 곁의 소중한 것만이라도 바로 볼 수 있으면 좋겠습니다.

내 아이들의 눈, 그러하면 좋겠습니다.

"엄마, 여우는 정말 있었을까?"

"있기도 하고, 없기도 했겠지….'

현자들은 말합니다. 어떤 존재든 실상은 없다고, 물거품에 불과
하다고….

부족하기만 한 나는 실상이 없는 것들에 욕심을 부리며 힘들어
하고, 실체도 없는 것들에 두려워하고 괴로워합니다. 내 안의 것
을 보려 하지 않고 바깥의 것들에 온 맘을 다하곤 합니다. 그 맘
자락 따라 정신없이 헤매다 수많은 상처를 받기도 합니다.

"해송아, 아는 만큼 보인다는 말이 있잖아."
"엄마는 무엇을 보고 싶은데?"
"글쎄… 그것을 엄마가 안다면 괴로움이 덜하겠지?"

우리가 살아가는 것은 무언가를 채우고 비우기의 연속이라지요? 무엇을 채우고, 무엇을 비울지 고민하고 찾아가는 것이 삶의 색깔이겠지요. 어떤 존재든 실상은 없고 물거품에 불과하다는 현자들의 말을 되새기고 욕망을 내려놓으려 노력한다면 채우고자 하는 것, 비우고자 하는 것이 대충 걸러질지 모르겠지만 그게 어디 쉬워야 말이지요.

"해송아, 네게 가장 소중한 것은 뭐니?"
"그것을 찾아가는 중이야, 엄마."

소중한 것이 무엇인지 알아간다면 아이는 무엇을 비울지도 알아가겠지요. 비우기도 하고 채우기도 하면서, 가끔씩은 채운 것에도 비운 것에도 갸우뚱하면서 아이는 삶의 무늬를 만들어가리라 생각합니다. 채워야 할 소중한 것을 눈앞에 두고도 보지 못하고, 담아야 할 것을 바로 옆에 두고도 알지 못하는 때 종종 있겠지요. 진정 비워야 할 것을 움켜쥐고 허둥댈 때도 있겠지요.

하지만, 우리가 살아가면서 가치롭지 않은 것이 있을까요? 종종 대고, 허둥대고, 더듬거리는 그것 또한 소중한 삶의 무늬가 될 것임을 나는 믿습니다.

"엄마, 바이라 아저씨가 봤다는 여우는 어디쯤 가고 있을까?"
"니 맘속에…."

동행한 예쁜 친구가 예쁜 모습으로 한마디 합니다.

"몽골인들의 시력에 관한 유머 중에 이런 게 있대요. 엄마가 아이에게 '저기 아빠 오신다' 했는데, 아빠는 다음날 도착했대요."
"바이라 아저씨는 봤던 여우를 우리가 보지 못한 이유가 거기 있었네."

덜컹거리는 푸르공 안에서 아이는 쥐고 있던 망원경을 만지작대면서 콧노래를 흥얼거립니다. 소중한 것을 눈앞에 두고도 보지 못하고 지나버린 후에야 아차, 하는 때 더러 있더라도 지금처럼 쏘~쿨~하게 콧노래 흥얼거릴 수 있는 마음으로 살아가면 좋겠습니다. 그리고 다시 희망의 다짐 씩씩하게 해가면 좋겠습니다. 희망은 희망을 갖는 사람에게만 존재한다잖아요. ∞

14

내 맘 더럽혀진 줄은 모르고

며칠간 내리 달리는 사막은 지루할 것 같지만 지루하지 않습니다. 끝없이 펼쳐지는, 끝없이 이어지는, 달려도 달려도 끝이 보이지 않는 사막이어서 그게 그것일 것 같지만 지형이 다르고, 토양이 조금씩 다르고, 자라나는 풀꽃들이 다릅니다. 고비사막은 남쪽의 홍고린 엘스만 모래사막이고, 다른 곳은 모두 암석사막입니다. 아시아에서 제일 넓다는 고비는 정말 달려도 달려도 끝이 없습니다.

흙길도 달리고 돌길도 달렸습니다. 푸르공은 요동을 쳤습니다. 차 안은 아무리 반듯하게 정리를 해도 조금 달리고 나면 뒤죽박죽이 되었습니다. 뒤쪽의 짐들이 앞으로 와르르, 옆쪽의 짐들이 또 옆으로 좌르르, 내가 너에게, 네가 나에게 마구마구 쏟아졌습니다. 그럴 때마다 우리는 와르르 웃음을 쏟아냈습니다. 하늘을 볼 수 있음에, 바람을 만날 수 있음에, 그곳을 달릴 수 있음에 그저 감사했습니다. 가능한 무엇이든 놓으려 했습니다. 나를, 너를, 그리고 우리에게 주어진 모든 것들을….

네, 웃으면 웃을 수 있는 일들 많았을 텐데 웃지 않고 살았던 날들 많았습니다. 감사할 일 참으로 많았을 텐데 그 맘 갖지 못하고 살았던 날들 많았습니다.

8월 초, 햇살은 징그럽게 뜨거웠으나 건조한 지역이기 때문에 불쾌감은 한국에서보다 훨씬 덜했습니다. 하지만 30도를 웃도는 한여름이니 차 문이라도 시원하게 열고 달리면 좋으련만 나이 많은 푸르공은 허락하지 않았습니다. 열어놓은 창문이 달리면 다시 닫혀 한낮의 더위에도 닫힌 채 달릴 수밖에 없었습니다. 비포장 길을 가다 보니 먼지는 마구마구 들어왔습니다. 창문을 열지 않았음에도 푸르공 속의 우리는 금세 먼지투성이가 되었습니다. 그 먼지를 뒤집어쓰고도 샤워는 말할 것도 없고, 머리조차 감을 수 없었습니다.

하지만, 그러면 좀 어떻습니까?
머리 좀 못 감고, 샤워 좀 못하면 어떻습니까?
내 맘 더럽혀진 것은 모르고… 그 맘 씻을 생각은 못하고…
머리만 감아댔습니다. 샤워만 해댔습니다.
그동안….

아! 이름 모를 들꽃이 끝도 없이 펼쳐집니다.

"엄마, 꽃들도 웃을까? 나무도 소리 내서 울까?"

한 알의 작은 씨앗이 꽃으로 피어날 때까지 얼마나 많은 시련의 날들을 보내야 했을까요? 어두운 땅 속에서 빛을 향한 지극한 맘으로 견뎌야 할 외로움 얼마나 컸을까요? 한 줄기 빛을 만날 때까지 작은 씨앗 한 알은 그 작은 몸으로 지극한 몸부림 지었겠습니다.

작은 씨앗은 제 몸을 덥히고, 주위를 데우고, 꽃보다 더 고운 새싹으로 마침내 피어나서 그 여린 몸으로 땅을 뚫고, 아스팔트까지도 뚫고 빛을 만나고야 맙니다. 더러 꺾이고 짓밟히더라도 또다시 기어이 해를 향하고야 맙니다. 그리고 꽃을 피우고야 맙니다. 아, 눈물겨운 오체투지입니다. 꽃들의 웃음 어찌 없을까요?

환한 웃음은 본인만이 아니라 주변까지 밝게 해주는 소중한 마약입니다. 엄마는 언제나 웃으셨습니다. 작은 소리로 빙긋이 웃는 것도 아니고 크고 밝게 웃으셨습니다. 온 얼굴로 웃으셨습니다. 다행히 나도 그 웃음을 닮았습니다.

허리도 펴지 못한 채 땅에 코를 박고 땀을 흘리셔야 했고, 온 다리가 벌겋게 얼어가도록 추운 겨울 바다를 누비셔야 했던 날들이 엄마의 삶이었지만, 엄마는 언제나 웃으셨습니다.

엄마에게는 기어 다니면서 김을 매고, 펴지지 않은 허리로 보리를 벴던 노동의 논밭이 도량이었고, 이가 딱딱 부딪치도록 추웠던 꼬막 뻘밭이 간절한 도량이었음을 이제 알겠습니다. 엄마는 단 한 번도 그 삶을 생색내지 않으셨습니다. 그저 환하게 웃으셨습니다. 엄마의 삶 모두가 오체투지였음을 이제는 알겠습니다.

꽃에게서 나무에게서 마음을 배우라고들 말합니다. 꽃이나 나무에게서 사람에게서 생길 수 있는 오해나 다툼을 해결하는 방법을 터득할 수 있다고들 말합니다. 내게 친정엄마는 꽃이고 나무입니다. 엄마의 환한 웃음소리는 오체투지로 다가가야 할 나의 빛입니다. 그 웃음 그대로 물려받았으면서 덜 웃었습니다. 덜 감사하며 살아왔습니다.

내 맘 더럽혀진 줄은 모르고
샤워만 해댔던 날을 생각합니다.
내 맘에서 시작된 줄 모르고
미움으로 원망으로 덜 웃었던 날을 생각합니다.

고비의 바람은 말하지 않고도 말을 해줍니다.

아이가 제 귀에 꽂았던 이어폰 한 쪽을
내 귀에 가만히 꽂아줍니다. ◇◇

15

지평선 천국에 갇히다

바람이 불어댑니다.
빗방울도 나부낍니다.

고비에서 비를 만나면 3년간 재수가 있다는데
오늘 비가 옵니다.

지평선은 끝없이 펼쳐집니다.
둥근 지평선 천국에 갇혔습니다.

달랑자드가드 찾아가던 그 길은 끝없는 지평선이 펼쳐집니다.

한쪽만이 아닙니다.

앞을 봐도, 옆을 봐도, 뒤를 봐도 그냥 지평선입니다.

둥그렇게 펼쳐지는 원 지평선입니다.

아! 우린 하늘과 땅이 맞닿은 지평선 천국에 갇혔습니다.

'텅 빈 충만'이란 이런 것이겠지요?

비어 있는 아름다움, 황홀함, 그 편안함….

사막 안의 시간이 오롯이 멈춰버린 것만 같습니다.

무슨 요일인지, 며칠인지 몰라도 되겠습니다.

그냥 마음을 열고 고비를 만나면 그만입니다.

먹구름 낀 웅대한 하늘에서 비가 내립니다. 흩뿌리는 사막의 비를 보면서 저마다 상념에 젖어듭니다. 저 빗방울 속에는 낙타의 눈물 한 방울, 꽃잎의 한숨, 바람의 신음소리, 모래의 춤사위, 별빛의 속삭임이 들어 있을 것만 같습니다.

차창에 부딪힌 빗방울이 달려오는 바람으로 이내 흩어집니다. 차 안이 조용합니다. 창밖의 초록은 더 짙어지고 붉은 땅은 더욱 붉어집니다. 불어오는 바람에 키 낮은 초록이 춤을 춥니다. 장관입니다.

생각해보면 우리 살아가는데 바람 없던 날 있었던가? 비 흩뿌리지 않은 날 있었던가? 흩뿌리는 비에 웅크리고, 불어대는 바람에 옷깃 더 여몄지만 그 바람으로, 뿌려대는 빗줄기로 나의 색깔 더 만들어갔고, 발 더 단단히 붙이려 노력했습니다.

문득문득 생각했습니다. 자식들을 위해 내가 잘 살아준다는 건 어떤 삶일지 생각했습니다. 나 떠난 후 아이들에게 '한'을 남기지 않는 것, 그로 아이들 가슴이 아프지 않게 하는 것만도 잘사는 것이라고 생각했습니다.

친정엄마가 돌아가신 후 가슴 늘 따끔거리게 아팠습니다. 뭉툭한 무엇이 가슴을 짓누르는 듯한 통증은 견디기 힘들었습니다. 자식들을 위해, 가족들만을 위해 살다 가신 그 삶이 안쓰러워서 많이 아팠습니다. 집과 가족을 떠나 엄마를 위한, 엄마만의 시간을 보내신 날이 거의 없었던 친정엄마의 한평생이 돌처럼 가슴에 얹혔습니다.

온 동네가 인정한 아낙들의 날에도 엄마는 집을 벗어나지 않으셨습니다. 그저 묵묵히 엄마의 자리를 지키실 뿐이었습니다. 친정 마을에는 진달래가 유독 많이 피었습니다. 진달래가 환하게 피어나는 봄철 어느 하루는 아낙들이 꽃단장을 하고 봄놀이를 했습니다. 이른바 삼짇날의 화전놀이가 바로 그것이었습니다. 삼짇날이 되면 온 동네 여인들이 어여쁘게 화장을 하고, 한복까지 곱게 차려입고, 정성스레 준비한 음식을 담아 이고 야트막

한 산으로 모였습니다. 평소의 모습과 다르게 고와진 동네 여인들의 모습에 눈이 휘둥그레진 우리는 그녀들을 따라 나섰습니다. 따라오지 못하게 손짓을 해대는 어른들의 눈을 피해 우리들은 기어코 화전놀이판 언저리에서 기웃거렸습니다. 흥겨운 장구소리에 맞춰 여인들은 돌아가며 노래를 부르고 너울너울 춤을 췄습니다. 진달래 빛 한복 치마 깃을 외로 돌려 하얀 허리띠로 얌전히 묶고 하얀 고무신을 신으신 외숙모의 모습은 그 중 제일 고왔고, 장구를 두드리며 부르는 소리는 누구보다 으뜸이었습니다.

본격적인 일철이 시작되기 전, 중요한 노동력인 여인들을 본격적으로 부려먹기 위해 사회가 인정해주는 봄놀이였다는 삼짇날의 화전놀이에도 엄마는 끼지 않으셨습니다. 누구보다 흥도 많고, 정도 많고, 사람도 좋아하시는 엄마가 왜 그런 자리에 가시지 않았는지 여쭤본 적도 없습니다. 다만, 그렇게 살다 가신 엄마의 삶이 너무나 아파서 돌아가신 뒤 한참 동안 힘들었습니다.

그러고 나서 나는 다짐을 했습니다. 훗날 내가 떠난 후 나의 삶이 안쓰러워 아이들이 가슴 아파할 날을 주지 말자고. 그것이야말로 내가 해내야 할 일이라 결정했습니다. 그것은 바로 내가 '나'로, '내 색깔'로 살아주는 것이라 생각했습니다. 물론 어떤 색이 내 색깔인지 아직도 잘 모르지만, '열정'을 버리지 않기로 맘 굳게 먹었습니다.

파울로 코엘료의 '우리는 삶 가운데의 '열정'을 '지혜'로 바꿔버릴 때 늙기 시작한다'는 말을 가슴에 새겼습니다. 누구의 말인지는 알 수 없으나 '나는 40세가 아니다. 22년의 경험을 가진 18세일 뿐'이라는 말도 가슴에 담았습니다. 난 차마 18세라 말하진 못하고 스물아홉이라고, 아직 서른이 되지 않은 스물아홉 살이라 생각하고 살자 맘먹었습니다.

하지만 제 아무리 까불어봤자 엄마의 삶만큼 진정성 있는 삶을 지어가기 어렵다는 것쯤은 압니다. 엄마의 색깔만큼 순정한 색으로 빚어가기 어렵다는 것쯤은 잘 압니다.

아이와 난 빗방울 나부끼는 초원에서 춤을 추었습니다. 초원에서 함께 춤을 춘 오늘이 아이에게 남을 아픔 한 개쯤은 덜어주고 싶었습니다. ∞

16

엄마 냄새

◇◇◇◇◇◇◇◇◇◇◇◇◇

"엄마, 보듬자."

"그럴까?"

"흐음, 오늘은 엄마 냄새가 좀 다르네."

"그렇지? 땀을 얼마나 많이 흘렸는데….”

"그래도 엄마 냄새야. 흐음~ 엄마 냄새 좋아.”

물이 귀해 목욕을 할 수 없는 여름 사막을 달리다 보니 흐르는 땀을 그대로 말리는 수밖에 없습니다. 엄마 냄새 맡는 걸 좋아하는 아이가 흠흠대더니 오늘은 엄마 냄새가 좀 다르답니다. 하지만 여전히 엄마 냄새가 좋답니다.

아이는 자주 엄마 냄새를 맡습니다. 학교를 다녀오던 엘리베이터에서, 잠자다가 문득 깨어 엄마 방 밀고 들어와서, 밥하고 있는 엄마한테 달려와서 아이는 엄마를 안고 냄새를 맡습니다.

"흐음~ 엄마 냄새다…!"
"아아, 엄마 냄새 좋아라…!"

아이가 말하는 엄마 냄새가 어떤 것일지 난 알 수가 없습니다.
어느 날은 분 냄새일 테고, 어느 날은 고무장갑 냄새일 테고, 어
느 날은 분필 냄새에 땀 냄새 합쳐져 있기도 하겠지 하고 막연히
생각해보지만 어찌 그런 냄새만일까요?

"아아, 엄마 냄새 좋아라…!"

아이가 눈을 감고 이 말을 할 때면 난 행복합니다.

내게 친정엄마의 냄새는
분 냄새도 아니고, 꽃 냄새도 아닌, 땀 냄새입니다.
내게 친정엄마의 냄새는 갯내음입니다.
엄마 냄새를 어찌 무슨 냄새 하나로 말할 수 있을까마는
내게 엄마 냄새는 땀 냄새와 갯내음입니다.

학교를 다녀와서 햇살이 가득 찬 마당을 들어서며 "엄마!" 하고
불렀을 때 "아이고 우리 새끼 얼렁 온나." 하고 보듬어주셨을 때
엄마의 몸빼에서 나던 냄새가 땀 냄새였고, 바람 들지 않아 숨
턱턱 막히던 여름 콩밭에서 팥죽같이 땀을 흘리고 밭을 매다 엄

마를 부르는 소리에 "아이고, 내 새끼, 더운디 뭐더게 나옹가?" 하시며 허리 펴고 일어설 때 엄마에게서 후욱 날아오던 뜨뜻한 냄새도 땀 냄새였고, 어쩌다 비 오는 날 깊은 숨을 몰아쉬며 낮잠을 주무시는 엄마의 젖무덤을 조심스레 만질 때 나던 냄새도 땀 냄새였습니다.

부엌에서 구정물통을 들고 수채로 자우뚱거리며 가실 때 나던 엄마의 냄새도 땀 냄새였고, 아궁이에 불 지피는 엄마 곁에서 부지깽이로 부뚜막을 두드리며 유행가를 흐드러지게 부르면 "아이고, 우리 새끼 노래도 잘 허네." 하시며 솥뚜껑을 여실 때 엄마의 치맛자락에서 나던 냄새도 땀 냄새였고, 장독대 옆 한데 아궁이에서 살 부러진 검은 우산을 쓰고 찐빵이며 옥수수를 쪄주실 때도 엄마에게서는 땀 냄새가 났습니다.

보리 *끄스러기*가 온몸에 달라붙어 씻어도 씻어도 잘 떼어지지 않는 보리타작하던 날은 참말 땀 냄새였고, 또아리 얹은 머리에 물동이를 이고 흘러내리는 물방울을 한 손으로 훔쳐가며 논길을 바삐 걷던 그때 나던 냄새도 땀 냄새였고, 다리 아파서 보건 진료소 다녀오던 밤 진료소장 아주머니가 건네주신 김치부침개를 들고 있던 내게 "아가, 인내라. 밤에 꼬신 거 갖꼬 댕기믄 구신 따라 붙는다." 하시며 들고 있던 부침개를 빼앗아서 노랗게 벼가 익어가던 논으로 던지실 때도 엄마 냄새는 땀 냄새였습니다.

해가 넘어갔는데도 술 좋아하는 오빠가 집에 들어오지 않자 "느그 아부지 알믄 또 야단일 꺼인디 오늘도 또 퍼졌능갑다. 아이와, 큰 동네 가보자." 하시며 플래시를 들고 앞장서시던 그 밤도 땀 냄새였고, 귀하게 키우신 큰 자식이 암으로 서른다섯 젊은 나이에 덜컥 자리에 누울 때 "아가, 나가 어찌케 허드라도 내 자석 살려낼 꺼잉께 걱정마라와." 하시며 눈빛 훤하시던 그날도 땀 냄새였고, 그 자식 결국 저 세상으로 떠나던 날 다리 뻗고 목 놓아 섧게 우실 때도 엄마 냄새는 땀 냄새였습니다.

큰자식 묻고 큰며느리 떠나고 남겨진 손주 둘을 가슴으로 키우면서 남몰래 눈물 훔치실 때도 땀 냄새였고, 큰방 앞 빨랫줄에 엄마 모습만큼이나 후줄근하게 걸린 엄마의 수건에서 나던 냄새도 땀 냄새였습니다.

선착장에 키조개를 산더미처럼 쌓아놓고 키조개를 까시던 날, 쌓인 껍질을 바스락바스락 밟고 있는 내게 "아가, 춥다. 감기 들라, 언넝 집에 들어 가그라." 하시던 날은 엄마에게서 갯내음이 났습니다. "올해는 꼬막 끔이 내래서 걱정이여. 새끼들한티 나갈 돈은 겁난디…." 하시며 성에 낀 바다에서 나와 뻘 묻은 옷을 벗고 불가에 벌건 손을 내미실 때도 갯내음이었고, "해마동 반지락이 줄어부네. 인자는 몇 시간 파도 벨 것이 없어. 패(絆) 잔 썰여 여코 쌂아노믄 흑헌 국물이 뿌여니 맛나겄다. 할아부지 잘

자시겠네."하실 때도 갯내음이었고, "올 시한언 꿀이 영 여무
네."하시며 굴 망태를 바닷물에 찰랑찰랑 씻을 때도 갯내음이
었고, 밤새도록 잠 안 주무시고 머리맡에서 그 굴을 달그락달그
락 까고 앉아 계실 때의 엄마의 손끝에서 나던 것도 갯내음이었
습니다.

평생을 땀 냄새와 갯내음으로만 살다 가실 줄 알았는데 친정엄
마가 분 냄새를 피우던 때도 있었습니다. 그때는 바로 엄마의 가
장 마지막 시절, 치매를 앓으실 때였습니다. 병원보다는 엄마가
사시던 집에서 살다 가시게 하자던 큰언니가 엄마를 모시고 집
으로 가서 돌아가시는 날까지 분 냄새 나도록 해드렸습니다. 움
직일 수 없어서 대소변도 방에서 해결해야 했던 때 엄마에게서
혹시라도 좋지 않은 냄새 날까 봐 언니는 일곱 벌의 고운 잠옷
을 준비해놓고 날마다 갈아입혀 드리면서 고운 분을 발라 드렸
습니다.

엄마는 젊어서도 풍기지 못했던 분 냄새를 생의 마지막 시절 2년
반 동안 원도 한도 없이 풍기셨습니다. 그렇게도 아끼시던 자식
들마저 잊어버린 그 아픈 시절에 분 냄새 원 없이 풍기시며 좋아
하던 노랫가락을 흥얼거리시다 곱게 가셨습니다.

냄새가 그 사람을 말해준다지요?
꽃밭에서 놀다 오면 꽃냄새가 나고,
흙밭에서 놀다 오면 흙 냄새가 나겠지요.
하지만 코로 맡을 수 있는 것만 냄새일까요?

내게 엄마의 땀 냄새와, 갯내음과, 분 냄새는
한 가지 냄새입니다. 꽃 같은 사랑 냄새입니다.

내게 친정엄마의 냄새는 그러한데
내 아이에게 남을 나의 냄새는 무슨 냄새일까?
고비에서 내 아이가 맡은 엄마 냄새는 무슨 냄새일까?
아이와 다시 찾아올 날이 있을지 결코 알 수 없는 이 사막에서
아이가 맡은 엄마 냄새는 대체 어떤 냄새일까? ∞

17

이정표

◇◇◇◇◇◇◇◇◇

이정표를 만났습니다.
드넓은 고비사막에서 처음으로 만난 이정표는 반가움이었습니다.
하얀 페인트칠을 한 폐타이어 반쯤 묻고
그 위에 역시 하얀 페인트칠을 한 나무판에 작은 글씨 적어 세운
소박하고도 겸손한 이정표를 만났습니다.
그곳 고비에 딱 어울리는 모습이었습니다.

인생은 여행입니다.
어쩜 우리는 모두 유목민인지 모르겠습니다.
살아가는 것은 그저 묵묵히 걸어가는 것입니다.
내 안의 이정표 바로 세우는 것 게으르지 않아야겠습니다.
집착에 빠지지 않기, 욕심 부리지 않기, 앞만 보고 뛰지 말기.
바람 불어도 흔들리지 않게
내 안의 이정표 한 개 단단히 고정해야겠습니다.

누구였을까요?
이곳 고비에 맨 처음 걸음 놓은 사람은….
누구였을까요?
인적 드문 이 사막 고비에
이렇게 소박하고도 예쁜 이정표를 세워 둔 사람은….

언제부터 시작되었는지
누구의 걸음부터 시작되었는지 알 수는 없으나
고비사막에는 수많은 길들이 있습니다.
한 길로만 쭉 뻗어 있기도 하고
두세 개 나란히 달리기도 하고
그러다 교차해서 아주 따로 향하기도 합니다.
누군가 먼저 걸었고, 누군가 그 뒤를 따라 걸었고
그리하여 길이 되었을 고비의 길 위에 오늘 내가 섰습니다. ∞

18

삶의 고비

사람들은 그렇게 말하더군요.
몽골 초원은 달리면 길이고, 머물면 집이 된다고….

고비사막을 십몇 년 달렸다는 바이라 아저씨가 길을 잃었습니다.
빗방울까지 흩뿌리는 저녁 무렵이었습니다.
긴장하는 바이라 아저씨의 어깨가 위로 당겨졌고
가슴은 핸들에 더 가까워졌습니다.
창밖을 연신 두리번거렸습니다.
그의 뒷모습을 보는 내 몸도 자꾸만 앞으로 당겨졌습니다.
길이 아닌 길을 마구 달렸습니다.
초원을 이리저리 한참을 달렸습니다.
마침내 아득하게 저 멀리 황토색 길이 보입니다.
하얀 게르 한 채 보이고야 맙니다.
웅크렸던 바이라 아저씨의 어깨가 비로소 펴집니다.

끝없는 고비 달리다 보면
길 아닌 길도 길이 되고 기어코 하얀 게르 다가오듯이
우리 삶의 고비고비도 달리다 보면
황토색 길 같은, 하얀 게르 같은 그 무엇 다가오지 않을까요?
웅크렸던 바이라 아저씨의 어깨 펴지듯이
우리의 어깨도 펴지지 않을까요? ∞

19

욜린암의 얼음

◇◇◇◇◇◇◇◇◇◇◇◇◇◇◇◇◇◇◇◇

울란바토르에서 500여 킬로미터 아래로 내려가면 달랑자드가드라는 남고비 사막의 최대 도시가 나옵니다. 달랑자드가드에서 서쪽으로 40킬로미터 떨어진 곳에 욜린암이 있습니다. 욜린암은 여러 개의 별명을 갖고 있습니다. 한여름에도 얼음이 있다 해서 '얼음 계곡'이라고도 하고, 바위산의 모습이 독수리 모양과 닮아서 '독수리 계곡' 또는 '독수리의 입'이라고도 합니다.

'세 개의 아름다움'이란 뜻의 '고르붕새흥'에 안긴 욜린암을 찾아 나섭니다. 이름에서 알 수 있듯이 고비에서 보기 힘든 거대한 바위산 세 개가 느닷없이 나타납니다. 구불구불 비틀비틀 바위산을 향하여 누런 먼지바람을 일으키며 푸르공이 달려갑니다.

욜린암을 저만치 앞두고 앞서가던 차가 고장 난 상태로 멈춰 있습니다. 비켜갈 수도 없는 좁은 길이어서 우린 기다릴 수밖에 없습니다. 고비사막에서는 워낙에 흔한 일이기 때문에 그러려니 합니다. 사막에서 고장 난 차량을 만나면 너나없이 한걸음에 다가가 도움을 주고받는답니다. 자동차로 두세 시간을 달려야 게르 한 채를 만날까 말까 하는 사막에서, 달리는 차를 만나는 기회 또한 매우 적은 사막에서 서로의 도움은 자연스러운 것이겠습니다.

욜린암 입구에도 조잡한 기념품을 파는 좌판들이 펼쳐져 있습니다. 어린 아이들이 지키고 있는 좌판들이 대부분입니다. 좌판을 지키고 있는 사내아이의 얼굴이 유난히 벌겋습니다. 몽골의 아이들은 알레르기를 많이 앓는다고 합니다. 봄에는 풀 알레르기를, 여름에는 햇볕 알레르기를 앓는 경우가 많답니다. 자연 속에서 자연에 순응하며 살아가는 그들임에도 온전히 자연과 하나 되기는 어려운가 봅니다.

욜린암 입구에는 좌판뿐 아니라, 계곡 안쪽의 관광을 위해 준비된 말들이 햇볕 아래 서 있습니다. 말의 사용료는 갈 때만 타면 5,000투그릭(약 3,100원), 올 때까지 타면 10,000투그릭입니다. 햇볕 알레르기를 앓는 아이들이 뜨거운 햇볕 아래에서 손님을 기다리고 있는 모습이 안쓰러워서 왕복 사용을 할까 고민을 하다가 하늘에 닿을 듯 웅장한 돌산 사이로 펼쳐진 풍경이 하도 멋져서 우리는 들어갈 때만 말을 타고 나올 때는 걸어오기로 결정을 하고 말에 오릅니다.

말잡이는 어른도 있지만 거의 아이들이었고, 예닐곱 살 먹었음 직한 아주 어린 아이들도 있습니다. 이 작은 말들과 이 작은 아이들은 하루 종일 몇 번이나 이 좁은 길을 왔다 갔다 할까 생각하니 맘이 편하질 않습니다. 많이 이용해줘야 아이들에게 도움이 되겠지만, 어린 아이들이 말고삐를 잡고 돌길을 걸어가는데 말 위에 앉아서 가는 것이 결코 기분 좋은 일만은 아닙니다.

욜린암으로 가는 길은 아름답습니다. 작은 개울물이 졸졸졸 흐르고, 다른 지역보다 튼실한 꽃들이 활짝 피어 있습니다. 노란 양귀비, 보라꿀풀 등이 만발했습니다. 개울물이 나오면 이마에 물을 세 번 묻히며 여행길의 안녕을 기원했고, 꽃들을 만나면 어여쁨에 감탄하며 걷습니다. 이 돌산 계곡에도 어워는 있고, 푸른 깃발은 푸른 소망으로 깃대에 감겨 있었습니다.

욜린암 바깥은 한여름의 더위였지만 얼음 계곡이라는 이름에 놀라서 몇 겹으로 옷을 겹쳐 입고 들어갑니다. 계곡의 안쪽으로 들어갈수록 서늘한 기운은 더합니다. 하지만 설마 얼음이 있을까, 30도를 웃도는 폭염인데 정말 얼음이 있을까 의심스럽습니다. 그런데 욜린암 이곳에 한여름 사막의 폭염을 견뎌낸 얼음이 의연하게 있습니다. '얼음 계곡'이란 이름값을 합니다.

하늘에 닿을 듯 치솟아 오른 바위산의 계곡을 돌아 보라꽃이 무더기 무더기로 피어난 길을 아이와 손잡고 걷자니 소중한 오늘이 새삼 감사합니다. 웃통을 벗고 좌판을 지키고 있는 청년들 곁의 어워에서 걸음을 멈춥니다. 오늘의 감사함에 다시 손을 모읍니다.

우리를 태웠던 말잡이 아이들이 뙤약볕에서 다른 손님들을 기다리고 있었습니다. 더위에 지친 말 한 마리가 시원하게 오줌을 쏟아내고 있었습니다. ∞

20

마유주 익어가는 날

푸르공의 지붕 문을 빼꼼히 열고 달립니다. 눈앞엔 다시 삭막한 사막의 모습이 펼쳐집니다. 지금껏 봐 온 모습과는 아주 다른 모습입니다. 풀은 점점이 보일 뿐, 온통 자갈돌 투성이입니다. 그렇게 두어 시간을 달리고 나니 또다시 초원이 나타납니다. 하늘은 여전히 푸르고, 손 뻗으면 잡힐 것 같은 하얀 구름은 여전하고, 그 아래 말떼들은 유유히 풀을 뜯고 있습니다.

넓디넓은 사막 한가운데 작은 게르 두 채 덩그러니 보입니다. 마유주가 맛있다는 집입니다. 세상에서 제일 넓은 마당을 가진 아이들은 공 던지기 놀이를 하고 놉니다. 일행 중 한 처자가 선물로 준 것입니다. 놀잇감 부족한 사막의 아이들은 신이 났습니다.

집주인 부부는 마유를 짜고 있습니다. 새끼 말을 어미 말에게 데리고 가서 젖을 빨도록 한 다음 얼른 새끼 말을 떼어놓고 그 젖을 짭니다. 엄마 젖을 뺏긴 새끼 말의 심정이 어떨지 안쓰럽습니다.

중국에서 가마우지를 이용해서 물고기 잡는 법이 떠오릅니다. 물고기를 삼킬 수 없도록 가마우지 목을 가는 실로 묶어 놓은 뒤 물고기를 잡게 해서 그 물고기를 얻는 방법을 보면서 인간의 지혜와 잔인함을 동시에 느꼈었는데, 새끼 말을 이용해서 젖을 짜는 모습에서도 비슷한 느낌입니다. 황량한 사막에서 인간과 가축이 함께 살아가기 위한 방법일 것입니다. 가축은 인간에게 물을 얻고, 인간은 가축에게 젖을 얻고….

게르 안 한켠에는 때 절은 자루에서 마유주가 익어가고 있고, 천창으로 이어진 줄에는 겨울을 향해 양고기들이 말라가고 있습니다. 햇볕 좋은 지붕에는 '아롤'이라 부르는 마유치즈 과자가 꾸득꾸득 익어가고 있습니다. 아주머니와 아저씨는 환한 웃음을 지으며 '아이락'이라는 마유주를 내놓습니다.

암말의 젖을 숙성시켜 만든 마유주는 모양이며 색깔이 막걸리와 흡사한데 시큼한 맛입니다. 안주로 내놓은 아롤 또한 시큼합니다. 몽골인들은 남녀노소 가리지 않고 마유주를 마십니다. 특히 손님을 접대할 때 빼놓지 않고 내는 음식이 마유주입니다. 마유주는 숙성 과정에서 유기물, 미네랄 등이 생성되는 영양식품으로, 술이긴 하지만 몽골인의 입장에서는 영양을 섭취하는 일반 음료입니다.

아침도 초원, 저녁도 초원이기만 한 그들에게 마유주는 땅일 수도, 바람일 수도 있겠습니다. 천창 열고 다가가고자 하는 하늘일 수도 있겠습니다. 어워의 펄럭이는 깃발일지도 모르겠습니다.

그런데, 미국의 경제 잡지인 『포브스』에서 세계 10대 혐오 음식을 선정했는데 1위가 바로 마유주였습니다. 몽골의 특수한 환경을 이해하지 못한 결과가 아닐 수 없습니다. 내 문화만이 우수하고 남의 것은 열등하다는 잘못된 인식에서 출발한 잘못된 결과임에 분명합니다.

주인아주머니가 일어나서 벽에 걸린 마유주 자루로 다가섭니다. 기다란 막대기로 휘휘 젓습니다. 마유주가 다시 익어갑니다.

설날이 다가오는 한겨울이면 아랫목엔 여지없이 커다란 독이 자리를 잡았습니다. 꽃무늬가 놓인 이불 한 채를 통째로 덮은 술독에서는 보글보글 소리가 났습니다. 시큼한 냄새도 났습니다. 아궁이에 불을 지펴 밥을 짓던 엄마는 물 묻은 손을 치맛자락에 닦으면서 방으로 들어와 이불을 들춰보곤 했습니다. 엄마가 이불을 들추면 보글거리는 소리가 더욱 커졌습니다. 둥그런 거품이 커다랗게 일어났다 터지고 또 일어났다 터지는 술독 속은 요술세상이었습니다.

"아이고, 잘 익어가네. 이불 풀썩거리지 말그라잉." 하시며 나가시는 엄마의 발소리가 토방 쪽으로 내려서기가 무섭게 나는 꽃무늬 이불을 살짝 들추고 술독에 귀를 댔습니다.

보글보글… 토독…

그 무렵부터 동네에 낯선 사람들만 보이면 어른들은 얼굴빛이 변했습니다.

"어이, 성우네. 뭐이 떴다네."

숙이네 할머니가 밀주 단속반의 출현을 알려주기 무섭게 엄마는 작은방 항아리로 달려갔습니다. 아랫목에 자리 잡고 있던 술 항아리는 화장실 잿더미 속으로도 들어가고, 솔가지 더미 속으로도 들어가고, 가을부터 쌓아져 있던 낟가리 속으로도 들어갔습니다. 낯선 사람들이 떠나고 무사히 익어간 항아리 속의 뿌연 술은 설날이 되면 두루마기 입고 찾아오신 손님들 상에 올랐습니다. 술 좋아하시는 할아버지의 밥상에도 빠지지 않고 올랐습니다. 겨우내 할아버지의 하얀 수염 끝엔 아이보리 빛 막걸리 방울이 송알송알 맺혔습니다.

1970년대 식량이 부족했던 시절, 밀주를 감시하러 다니던 단속반은 설날을 준비하는 촌사람들에겐 세상에서 제일 무서운 존재들이 아니었나 싶습니다.

아이에게 그 시절 이야기를 해주니 낯선 세상 낯선 이야기에 놀라워합니다. 그런 세상도 있었느냐 되묻습니다. 아이들의 세상과 우리의 세상이 이렇게 멀어져 있습니다.

얼굴을 찌푸리며 마유주를 마시던 아이가 아롤 한 조각을 집어 듭니다. 휑히 뚫린 천창으로 들어온 햇살이 아이를 환하게 비춰 줍니다. 게르 안에서 시큼하게 익어가는 마유주 '아이락'의 소리가 어떤 소리인지 들어보진 못했습니다. ∞

21

수태차와 코담배

고비의 사람들을 방문하면 그들은 환하게 웃으며 반겨줍니다. 어디서 왔느냐, 어디로 가느냐 묻지 않고 그들은 마시던 수태차를 권합니다. 수태차는 찻잎을 넣고 끓이다가 우유나 양젖 또는 말젖을 넣고 소금간을 한 몽골의 전통차입니다. 건조한 지역에서 살아야 하는 몽골인들이 부족한 수분과 영양을 공급받기 위해 섭취하는 지혜로운 음료, 일상의 음료라고 합니다. 손님이 찾아가면 가장 먼저 정성스레 내놓는 차이기도 합니다. 수태차에 고기나 경단을 넣어 죽으로 만들어 먹기도 한답니다.

연노랑 몸피에 아래쪽은 빨간색이 둘러져 있는 플라스틱 보온병에 수태차를 담아 와서 정성으로 건넵니다. 왼손으로 오른손을 받쳐 권하는 모습이 우리와 꼭 닮았습니다.
정성어린 손길에서 보리차와 커피에 밀려버린 우리네 숭늉을 떠올립니다. 밥을 퍼낸 다음 자박하게 물을 붓고 놋쇠 숟가락이 닳아지도록 무쇠솥을 긁어 고소하게 지은 숭늉을 할아버지 밥상에 정성으로 올리시던 친정엄마의 손끝을 떠올립니다. 몽골인들에게 부족한 수분과 영양을 공급해주는 지혜로운 음료가 수태차라면, 소화력 떨어진 어르신들에게 바치는 우리의 지혜로운 음료는 숭늉이었겠다 문득 떠올립니다.

게르를 찾은 낯선 이들에게 그들은 작은 병에 담긴 코담배도 함께 건네옵니다. 몽골에서는 남자들이 처음 만나면 코담배를 주고받으며 인사를 나눈답니다. 향료와 약초를 사용하여 만든 코담배를 담는 병은 여러 가지가 있는데 몽골에서는 그 담배 병과 마유주 잔으로 부를 측정한다고 합니다.
아이는 코담배 경험에 빠졌습니다. 손등에 코담배를 얹어 한 번 들이키고는 심하게 캑캑거립니다.

"해송아, 몽골에 담배가 전해진 게 우리나라의 조선 시대라는 사실을 모르지?"
"어, 그래 엄마?"
"조선 인조 때 소 전염병이 엄청 돌았대. 그래서 농사를 지을 수 없을 지경에 이르렀대. 인조 임금은 내몽골에 관리를 파견하여 감언이설로 우리의 담배와 몽골의 소를 바꿔오도록 했대. 결국 몽골에는 우리의 담배가 전해졌고, 우리나라에는 몽골의 소가 들어오게 된 거지."
"그렇구나, 엄마."
"몽골에서는 오래전부터 소뼈를 고아서 그 국물에 면을 넣어서 식사를 하기도 했다는데 그게 바로 설렁탕의 시작이라는 말도 있더라."

"문화는 이렇게 서로 주고받으며 변화 발전되는 거란 걸 새삼 느끼겠어. 근데 엄마, 담배를 왜 코로 들이마시지?"

"응, 그건 말이야 승려들의 흡연 방법이 일반화되면서 그렇대. 보통 긴 담뱃대를 사용했었는데 승려들은 흡연이 금지되었었대. 그래서 승려들이 작은 병에 담아 다니면서 코로 들이마셨대. 그 방법을 귀족들이나 일반인들이 배워서 일반화되었다나 봐. 맛 좋기로 소문난 안동소주의 기원도 몽골의 보드카란다. 칭기즈칸 때 위구르로부터 들어와서 몽골의 보드카가 되었고, 고려 시대에 우리나라에 들어와서 만들어진 것이 바로 안동소주래."

"오호, 그렇군. 엄마, 오늘 밤에 보드카 한 잔 어때?"

"좋지!"

아이와 난 보드카 한 잔 나눌 밤을 기분 좋게 기다립니다. ∞

22

중심
◇◇◇◇◇◇

동물의 눈은 왜 이리 슬퍼 보이는지 모르겠습니다.
너무 선해서 너무 슬퍼 보입니다.
우리 집 강아지 눈빛도 그렇고, 동물원 기린도 그렇고
팔려 가는 줄 아는지 고삐 잡혀 끌려가면서
뒤돌아보고 또 돌아보던 눈물 맺힌 어렸을 적 우리 집 소도 그렇고
고비사막 한가운데 이 말들도 그렇고
너무 선해서 그냥 마구 슬퍼집니다.

속눈썹 긴 말들이 해바라기를 하고 있습니다.
말의 중심은 엉덩이라지요?
힘의 중심이 바로 엉덩이라지요?

우리의 중심을 생각해봅니다.
우리의 중심은 '아픈 곳'이어야 한다는 누군가의 말에 동의합니다.
우리의 몸 중 어느 한 곳이 조금만 아파도 신경이 쓰입니다.
그곳에 온 맘이 다 갑니다.
아픈 곳이 낫고서야 그곳에서 벗어날 수 있습니다.

세상의 중심도 아픈 곳이 되어야 한다는 그 말에 동의합니다.
아픈 곳, 낮은 곳부터 신경을 쓰는 세상이어야 한다는
그 말에 동의합니다.
아픈 곳, 낮은 곳이 세상의 중심이 되는 세상,
아름다운 세상이겠습니다. ∞

23

홍고린 엘스의 눈물

암석보다는 모래가 점점 많아집니다. '노란 모래 언덕'이라는 뜻의 '홍고린 엘스'가 가까워지고 있다는 의미입니다. 아니나 다를까, 모래 언덕이 보이기 시작합니다. 폭 12킬로미터, 길이 100킬로미터의 홍고린 엘스가 시작되고 있었습니다. 모래 언덕이 점차 가까워지자 우린 흥분을 감출 수가 없었습니다. 석양에 비친 모래 언덕의 모습은 더욱 아름다웠습니다.

어느 예술가가 저리 빚어낼 수 있을까? 저리 그려낼 수 있을까? 어느 여인의 몸매가 저보다 유려하게 고울 수가 있을까?

햇살이 일궈놓은, 바람이 그려놓은, 이슬이 만져놓은, 세월이 지어놓은 홍고린 엘스는 지어놓은 대로, 그려놓은 대로 그냥 그렇게 누워 있었습니다. 하늘과 땅이 합작해놓은 그대로 자리하고 있었습니다. 자연만큼 자연스런 아름다움은 세상 어디에도 없겠다 싶었습니다.

금방 달려가고 싶었습니다. 우리가 묵을 게르 문 바로 앞에 있는 듯 보이나 실은 걸어서 한 시간 정도의 거리였습니다. 일행 중 한 친구가 석양빛 머금은 모래 언덕을 만나러 가자고 꼬드겼습니다. 나는 당연히 오케이 하였습니다. 그러나 갈 수는 없었습니다. 늑대가 가끔 나타난다는 제크 아저씨의 경고는 무시할 수 있었지만, 아이의 강력한 반대로 결국 모래 언덕에서의 석양빛은 만날 수 없었습니다.

해송이 왈, 첫째, 제크 아저씨의 주의에는 이유가 있을 것이다. 분명 위험 요소가 있을 것이다. 둘째, 한 시간 동안 모래 언덕엘 가다 보면 석양은 질 것이고, 아름다운 선은 사라질 것이다. 결국, 모래 언덕에 가는 것은 포기할 수밖에 없었습니다. 다음날 해가 밝으면 갈 예정이긴 했지만 석양빛 받은 모래 언덕의 라인을 만날 수 없음은 말할 수 없이 아쉬웠습니다.

모래 언덕에 가는 걸 포기하고 석양에 빠져 있을 무렵 동물의 울음인 듯한 소리가 아스라하게 들려왔습니다. '무슨 소리지?' 하면서도 모두들 그냥 무심했고, 석양에 몰입하고 있었습니다. 그런데 우워~~ 하는 소리가 계속 들렸고, 우리는 귀를 의심했습니다. 건너편 모래 언덕에 시선을 모았습니다. 조금 전까지는 보이지 않던 물체들이 모래 언덕에 점점이 나타났습니다. 울음소리는 그쪽에서 들려온 것이었습니다. 모래 언덕 라인 가장 위쪽에 점점이 보이던 물체가 조금 후엔 감쪽같이 사라졌습니다. 제크 아저씨가 이야기했던 늑대의 모습이었는지 모르겠습니다. 아이가 말리지 않았다면, 고집을 부려서 모래 언덕엘 갔더라면 우린 어쩌면 그 밤 늑대를 만났을지 모르겠습니다. 현지인들이 주의를 주는 것은 이유가 있었습니다.

아이는 게르 뒤쪽에 묶인 낙타의 슬픈 모습을 보고 눈물을 흘렸습니다. 낙타는 허리도 완전히 펼 수 없을 만큼의 짧은 줄에 묶여 옴짝달싹 못 하고 서 있었습니다. 짧은 줄 때문에 코 모양은 일그러져 있었습니다. 어느 녀석은 아예 설 수조차 없었습니다. 무릎 꿇고 앉아 짧은 줄에 묶인 낙타의 모습은 안타까웠습니다.

낙타의 순한 눈망울은 아이의 눈물을 기어코 쏟게 했습니다. 그렇게 짧은 줄로 묶어 두어야 하는 이유가 따로 있는 것인지 물어보지는 못했습니다.
이 낙타들은 모래 언덕에 가는 사람들을 태워다주는 낙타들이었습니다. '낙타의 눈물은 이유가 없다'고들 하지만 어찌 이유 없이 지어진 일이 있을까요? 적어도 홍고린 엘스 낙타들의 눈물은 결코 이유 없는 눈물이 아니었습니다.

석양 찬란했던 홍고린 엘스의 그 밤은 추웠습니다. 게르 옆 낙타들은 밤새 거센 숨을 몰아쉬고 있었습니다.

노란 모래 언덕, 홍고린 엘스에 아침이 왔습니다. 낙타 등에 올랐습니다. 낙타가 안쓰러웠으나 우리가 등에 올라야 그나마 묶임에서 풀려나고 걸을 수 있는 녀석들이라고 애써 위로했습니다. 아이가 앞에 서고 난 그 뒤에 섰습니다. 아이의 그림자와 내 그림자가 앞뒤로 나란했습니다. 힘든 여행길에 어느새 내 보호자가 되어 있는 아이가 믿음직했습니다.

시작도 끝도 알 수 없는 모래 언덕이 저만치 누워 있습니다. 뭉클뭉클 모래 주름이 보이기 시작합니다. 땅의 비늘이 느리게 또는 빠르게 굽이쳐 흐르고 있습니다. 천 년을 두고 레이스를 떠서 지은 옷을 입혀놓은 듯합니다.

낙타에서 내린 우리는 천천히 걷기 시작했습니다. 바람도 멈췄고, 소리도 멈췄습니다. 햇빛만이 찬란했습니다. 굽이쳐 흐르는 모래 능선을 말없이 걸어 올랐습니다.

누구는 조금 앞서 가고, 누구는 조금 뒤에서 가고, 평탄한 길로도 가고, 그러다 가파른 길 만나기도 하고… 인생이 그곳에 있었습니다. 누구는 저쪽으로, 누구는 이쪽으로, 누구는 직선으로, 누구는 휘돌아서, 혼자이기도 하고, 함께이기도 하고… 인생이 그곳에 있었습니다. 힘들면 손 내밀기도 하고, 내미는 손 잡아주기도 하고, 더러 등 돌려 주저앉기도 하고, 또 더러 마주보며 토닥여주기도 하고… 인생이 그곳에 있었습니다.

우리 일행 열 명밖에 보이지 않는 그 넓은 모래사막 홍고린 엘스에서 앞서거니 뒤서거니 걷다가 아이와 함께 모래 위에 앉았습니다. 다리를 쭉 뻗고 앉은 아이는 한 손으로 고운 모래를 쥐어 들고 흘려 내렸습니다. 한 줌 들린 모래가 금세 쏟아지고 빈손이 되었습니다. 아이는 다시 모래 한 줌 가득 쥔 손을 가슴께로 올려 또 다시 졸졸 흘려 내렸습니다. 채우고 비우기를 반복했습니다.

'해송아, 이렇게도 많은 모래가 있지만 네가 쥘 수 있는 모래는 딱 그 한 줌이란다.'

속으로만 그 말을 하고, 겉으로는 "모래 능선 참 멋지다." 했습니다.
모래사막 여기저기에 이름 모를 생명의 발자국들이 곱게도 찍혔습니다. 발자국을 따라가던 눈길이 가녀린 초록 생명에 머뭅니다. 우리 보기 가녀리지만 이곳 모래사막에서 꿋꿋하게 살아내고 있습니다. 경전입니다.

홍고린 엘스에서 모래바람 소리는 듣질 못했습니다. '부우부' 하고 우는 몽골의 소리를 듣지 못했습니다. 목청으로 배로 가슴으로 부르는 그들의 노래, '흐미'를 닮은 바람 소리는 듣지 못했습니다. 우리가 떠나고 나면 몰래 뒤척이면서 '부우부' 울음소리를 토해낼지 모르겠습니다. 남겨진 우리의 발자국들은 그 울음소리에 묻힐지 모르겠습니다. 부드러운 모래 살결을 가만히 쓰다듬었습니다.

"해송아, 우리가 여기에 다시 올 날 있을까?"
"못 올 것도 없지, 엄마. 언제라도 다시 올 수 있는 곳이야. 난 그렇게 생각해, 엄마."

씩씩하게 대답을 한 아이가 일어섭니다. 그리곤 내게 손을 내밉니다.

"엄마, 또 걸어볼까?"

아이가 기분 좋게 노래를 흥얼거립니다. 뒤따라가던 난 그 소리가 좋아서 조금 더 가까이 다가갑니다. '너로 오늘도 이만큼 또 행복하구나. 참 고맙다!' 생각을 하면서 힘주어 걷습니다. 앞서 걷던 녀석이 노래도 멈추고, 걸음도 멈추고 모래밭에 낙서를 합니다. 그러다가 아이, 하늘을 보며 감탄을 합니다.

"엄마, 하늘 좀 봐. 너무너무 푸른색이야. 막대기로 툭 치면 푸른물이 주르륵 쏟아질 것만 같아."

"햐, 좋다! 저기 하얀 달 좀 봐봐."

짙푸른 하늘에 하얀 낮달이 둥실 떠 있습니다. 손 뻗으면 잡힐 것만 같습니다. 우리는 높이높이 뛰었습니다. 한 번 뛰고 까르르, 두 번 뛰고 까르르 사막 위에 웃음을 마구 뿌렸습니다.

뛰고 달리는 사이 누구는 아득히 먼 저쪽 능선 꼭대기에 앉아 있고, 누구는 이제야 그곳을 향해 쉼 없이 걷고 있고, 누구는 저 아래 모래밭에 무심히 앉아 있습니다. 누구는 능선 따라 휘돌아서 천천히 걷고, 누구는 모래언덕을 가로질러 지름길로 내달립니다. 손잡고 함께 오르던 어떤 이들, 내려올 땐 다른 능선으로 각기 걸어오고 있습니다. 우리 살아가는 모습이 그곳에 그대로 펼쳐지고 있었습니다.

끝이 보이지 않게 펼쳐진 모래사막을
다시 타박타박 걸었습니다. ∞

내 새끼가…

◇◇◇◇◇◇◇◇◇◇◇◇◇◇◇◇

"엄마, 얼른 와!"

내려가던 길 멈추고 뒤돌아 불러줍니다, 내 새끼가….

모래사막을 걸어가는 아이의 등 뒤에서
알 수 없는 무엇이 울컥 올라왔습니다. ∞

사막에서 노닥노닥

웃음 환했다.
낮달도 환했다. ◇◇

그날 밤 하늘에는
◇◇◇◇◇◇◇◇◇◇◇◇◇◇◇◇◇◇◇◇◇◇◇◇

하늘 가득 박힌 저 별들이 보이시나요?
흐르는 별똥별이 보이시나요?
강물 같은 은하수가 보이시나요?
그 밤 제 맘을 헤아릴 수 있나요?

하늘의 별은 누군가의 소망일 것만 같아서 애잔합니다. 누군가의 그리움일 것만 같아서 아련합니다. 하늘 가득 박힌 별을 만날 때면 까닭 모를 그리움이 가슴 가득 차오릅니다.

조선족의 힘겨운 삶이 어린 연변의 별이 그랬고, 모두들 잠든 새벽 홀로 만났던 시베리아 횡단 철도에서의 새벽별이 그랬고, 여름 마당에 누워 헤아리던 어린 시절의 별도 그랬습니다.

게르 앞에 자리를 깔고 하늘 향해 누웠습니다. 아이와 난 가만히 하늘을 올려다봤습니다. 크고 작은 별들이 하늘 가득 박혀 있었습니다.

"엄마, 하늘에 이렇게 많은 별이 살고 있었네."

"그러게, 이렇게나 많은 별이⋯. "

"근데 우리는 너무 못 보고 살았다, 그치?"

"언제나, 어느 곳에나 별은 이렇게 빛나고 있었을 텐데 말이지."

"문명이 꼭 좋은 것만은 절대 아닌 것 같아, 엄마."

"그러게, 문명은 어쩌면 무시무시한 폭력일지도 몰라."

별은 어두워야만 보인다지요. 세상이 너무 밝아도 보이지 않고, 너무 탁해도 보이지 않는다지요. 있는 것도 보지 못하고 살아가는 날들 앞에서 나의 어리석음을 다시 생각해본 순간이었습니다.

그사이 별똥별 한 개가 긴 꼬리를 남기고 사라졌습니다. 별똥별이 사라지면 마을의 누군가가 이 세상을 뜨는 거라던 어린 시절의 기억들이 스멀스멀 되살아났습니다.

별똥별 이야기는 아침 일찍 물을 길러 나온 동네 아낙들의 두런거림으로 시작되곤 했습니다. 별똥별은 누군가의 죽음을 예언하는 것이었기에 누구든 간밤에 별똥별을 보았다는 소리를 내놓고 크게 하지는 못했습니다. 두레박을 길어 올리던 손을 급히 멈추고 은밀히 나누던 아낙들의 눈빛과 작은 소리는 긴박했습니다. 아침잠이 덜 깬 눈으로 깜박대며 우물가에 조르라니 앉아 있는 아이들이 행여 들을세라 아낙들의 소리는 더욱 잦아들었고, 우리는 누구의 죽음을 예측하는지 궁금해서 귀를 곤추세웠습니다. 어느 날은 누구네 할아버지가 거론되었고, 어느 날은 아무리 들으려 해도 들을 수가 없었습니다.

한참 동안 작은 소리로 속닥대던 아낙들은 아무 일이 없었다는 듯 두레박 소리를 더 크게 내며 물을 퍼 올렸고, 헛웃음을 치며 머리에 쓰고 있던 수건을 벗어서 괜스레 몸뻬를 탈탈 털기도 했습니다. 물동이를 이고 빠르게 걷던 엄마는 우물에서 집으로 오는 내내 우물가에서 들었던 말을 입 밖에 내면 안 된다고 입단속을 시키곤 했습니다. 신기하게도 별똥별 이야기를 듣고 난 뒤 며칠 안에 마을에선 초상이 나곤 했습니다. 우물가의 아낙들은 별똥별 꼬리의 모양에 따라 죽음의 문턱에 들어선 자의 성별을 가늠하기도 했는데 맞기도 하고 안 맞기도 했습니다. 망자는 주로 우물가에서 거론되었던 사람임에 틀림없었습니다.

아이와 이야기를 나누던 사이에도 별똥별은 긴 꼬리를 남기며 사라지고 있었습니다. 아이와 난 작은 소리로 별 하나 꽁꽁, 별 둘 꽁꽁 별을 헤아렸습니다. 모깃불 연기가 자욱한 여름 마당의 평상에서 언니들과 나란히 누워 별을 헤아리던 어린 사결의 밤인 것만 같았습니다. 언니들에게 지지 않으려 끝까지 숨을 참으며 얼굴이며 목이 벌게지도록 별 하나 꽁꽁, 별 둘 꽁꽁을 헤아렸던 그 밤이 그립기도 했지만 고비의 한가운데서 아이와 별을 헤아리는 밤은 또한 행복했습니다.

마른 쑥대 연기가 싫어서 엄마 무릎 사이로 얼굴을 묻으면 살살 부채를 부쳐주시다 날아오는 모기를 잡느라 탁탁 내리치기도 하시던 기분 좋은 엄마의 소리를 기억해내곤 나도 엄마처럼 종이를 들어 아이에게 바람을 만들어주었습니다.
절대로 덥지 않은 고비의 여름밤에 말입니다.

하늘에 별은 참말 가득했습니다. ∞

27

사막에서 만난 노점

달랑자드가드 가는 길에도, 바얀작 가는 길에도 사막 간간이 사람이 모일 만한 곳에는 전이 벌여져 있습니다. 주변의 산에서 주워온 돌멩이며, 나무를 깎아 만든 새총이며, 투박한 팔찌며, 양털로 짠 슬리퍼를 벌여놓고 귀하디귀한 손님을 기다립니다.

물론, 지나가는 사람들을 불러 세우는 일은 결코 없습니다. 무심히 앉아 있다가 발길 멈춰 구경하는 사람들 있거든 구경하게 두고, 얼마냐고 물으면 그때서야 작은 소리로 대답합니다. 어느 곳엔 주인들이 아예 없습니다. 손님들이 구경을 하면 어디에서 오는지 오토바이를 타고 득달같이 달려옵니다. 어린 아이도 있고, 늙수그레한 어른들도 있습니다. 누구는 팔찌를 만지작대고, 누구는 빛깔 좋은 돌멩이를 만지작댑니다. 아이가 5000투그릭짜리 팔찌 하나를 내 손에 감아줍니다.

"엄마, 엄마! 작은방 장롱 밑에 돈주머니가 있어."

"야가 시방 뭔 소리를 헌다냐?"

"진짜당께, 여그."

"아이고, 어쩔끄나. 그 아짐씨가 잊어불고 갔능갑네. 진작 가부렀을 꺼인디 어찌까잉. 어따 빠채분지 모르고 애가 타겄네. 어째야 쓰까?"

"엄마, 빵빵헌디… 돈 주머니 한 번 열어봐 보까?"

"그러믄 못쓴다. 얼렁 있든 자리 도로 갖다 놔라잉. 다음 판에 오시믄 그대로 드레야 쓴다. 아이고, 얼매나 애가 탈까잉."

가게가 없었던 우리 동네에는 옷을 팔러 다니는 하동 아주머니가 철마다 오셨습니다. 아주머니는 자신보다 더 큰 옷 보퉁이를 이고 이 동네 저 동네 팔러 다녔습니다. 볼거리 없었던 우리에게 색색의 옷들이 가득한 하동 아주머니의 옷 보퉁이는 신세계였습니다. 엄마들은 꽃무늬 화려한 월남치마도 입어보고, 신컬러라고 권하는 앙고라 스웨터도 입어보며 수다 삼매경에 빠지곤 했습니다.

"어이, 자네는 흑헌 놈보담 꽃가라가 이쁘그마."

"그렁가? 즈그 아부지가 요상허다 그럴까 싶은디…."

"어이, 숙이네. 자네가 바보소. 저 사람 꽃가라가 더 낫재잉?"

"흑헌 놈도 이쁘고, 꽃가라도 이뻐요. 둘 다 사부씨요."

"워머, 나 쫓겨나믄 자네가 받아줄랑가?"

"아, 닝장 맞으껴, 옷 두 개 샀다고 쫓개나? 쫓아내믄 누가 아숩까?"

"허기사, 살림 얌전허니 잘해, 새끼덜 알토란같이 잘 키와줘. 쫓아내믄 즈그 아부지가 더 손해재."

쌈짓돈을 털어서도 오고, 돈이 없으면 보리쌀도 담아오고, 돈부나 녹두도 가져오고, 시어머니 몰래 참깨도 담아와서 왁자한 웃음을 쏟아내며 색 고운 옷들을 골랐습니다. 엄마들이 맘에 든 옷두어 가지씩을 고르고 나면 산만큼 컸던 하동 아주머니의 옷 보퉁이는 제법 작아졌습니다. 큰 보퉁이를 이고 들어올 때면 아주머니의 고개가 쑥 들어가버릴 것만 같아서 걱정이 되었는데, 작아진 보따리를 이고 다른 동네로 팔러 가는 하동 아주머니의 발걸음이 가벼워져서 한시름 놓곤 했습니다.

장사를 마친 아주머니는 꼭 우리 집으로 와서 주무셨습니다. 우리 동네에서 장사를 할 때면 그렇다 치는데, 다른 동네에서 어두워져도 밤이 되면 꼭 우리 집으로 오셨습니다.

하동 아주머니뿐만 아니라 외지에서 우리 동네에 일 보러 오는 사람들은 누구든 우리 집에서 먹고 잤습니다. 귀찮을 법도 한데 엄마는 집 앞을 지나는 누구든 불러서 물 한 모금이라도 건네셨습니다. 온 동네 사람들 중 엄마의 밥을 안 먹어본 사람이 없다고 말들을 할 정도로 엄마는 먹거리를 나누셨고, 여관도 식당도

없었던 작은 동네에서 외지 사람들이 불편함 없이 먹고 잘 수 있
도록 덕을 베푸셨습니다.

그날도 하동 아주머니는 보퉁이를 이고 이 동네 저 동네를 다니
면서 빈 보따리가 되도록 장사를 잘 하셨고, 우리 집으로 오셔서
잠을 주무신 후 돈이 가득 든 주머니를 작은방 장롱 아래에 두고
그냥 가셨던 것입니다. 한참 날이 지난 후 하동 아주머니는 커다
란 보퉁이를 이고 다시 오셨고, 엄마는 소중히 간직했던 아주머
니의 돈주머니를 따뜻한 밥상과 함께 전해 드렸습니다.

수많은 사람들에게 밥그릇을 나눠주셨던 엄마는 말씀으로 우리
에게 무엇을 가르치려 하지 않으셨습니다. 그저 묵묵히 밥을 차
리고, 정을 나누는 모습을 자식들에게 보여주셨을 뿐입니다.
언젠가 하얀 머리 할머니가 되신 엄마께 여쭤봤습니다.

"엄마는 논으로, 밭으로, 바다까지 일하기도 바빴을 거인디 왜
그렇게 넘들 밥을 많이 줬어?"
"있는 반찬에 우리 밥 묵는디 숟가락 몇 개 얹근 것인디 그거
이 뭐 벨 것이라고…. 할무니한티 혼도 가끔썩 나기도 했재. 손
이 크다고, 하하하! 콩이 왜 두 쪽이간디? 그러고 작은 것도 나
눠 묵으라고 쪼개진 것이여. 나가 시방 베풀먼 나 때에는 몰라도
후대에 다 돌아올 것이여. 절에 가서 부처님한테 엎드려야만 공
이간디? 살아감시롱 사람들이랑 나누고 사는 것이 다 공인 것이

여. 나 밥 덜어 다른 사람이랑 나누면 우리 새끼덜한테 돌아가겄재 싶은 맘 있었재. 우리 새끼덜 어디 가먼 누가 콧물이라도 한번 닦어주겄재 했재, 하하하. 그것보담도 밥은 나놔 묵어야 쓰는 것이여."

내가 지금 밥 굶지 않고 살아가고, 혹시 밖에서 따뜻한 밥 한 그릇이라도 내게 오는 것은 늘 웃으며 다른 사람과 밥을 나누셨던 엄마의 공덕임을 어찌 모를까요? ∞

28

바얀작의 고무신

고비를 향해 짐을 쌀 때 고무신을 챙겨 넣는 모습을 보던 식구들이 모두 한마디씩 했습니다. 사막을 가는데 웬 고무신이냐고, 기능성 우수한 신발들이 얼마나 많은데 고무신이 웬 말이냐고. 나는 씨익 웃으며 구례 장날 사서 꽃수 곱게 놓아 가끔씩 신는 검정 고무신을 비닐봉지에 정성스레 담아 가방에 넣었습니다.

많은 사람들이 여행을 떠날 때면 등산화나 운동화에 바지를 챙기지만 나는 헐렁하게 입을 수 있는 긴치마와 고무신을 함께 챙깁니다. 편하게 입을 수 있는 기다란 치마는 바지를 입었을 때와는 또 다른 편함과 멋스러움을 얻을 수 있습니다. 인도에서 구입한 치마는 7년이 된 지금까지 나의 여행 가방에 빠지지 않고 담기는 품목이고, 무려 18년이나 되었지만 아직도 내 여행 옷차림에서 최고로 사랑받는 인도네시아산 바틱 치마는 이번에도 고무신과 함께 고비에 동행했습니다.

네모 조각천 한 장으로 만들어진 바틱 치마를 아이와 한 장씩 휘이 두르고 꽃수 놓은 검정 고무신을 신고 바얀작을 향했습니다.

바얀작 가는 길에도 햇살은 뜨겁게 쏟아졌습니다. 바얀작은 고비에서 보기 드문 지형이었습니다. 대부분의 고비가 끝도 없이 평평한 지형이라면, 바얀작은 넓은 들판 위에 우뚝 솟은 형국입니다. 2억 년 전 바다였다가 지각 변동으로 치솟아 올라 세월에 깎여 지어진 풍광은 규모가 그리 크지는 않으나 고비의 그랜드 캐니언이라 부를 만했습니다. 많은 공룡 알이 발견되기도 했던 바얀작은 '불타는 절벽'이란 별명에 맞게 온통 붉은 절벽이었습니다.

'바얀'은 많다는 뜻이고 '작'은 나무 이름이랍니다. 고로, '바얀작'은 '작나무가 많은 곳'이라는 뜻입니다. 작이라는 나무가 많이 자랄 만큼 다른 지역에 비해 물이 많았으나 지금은 사막화가 진행되어 붉은 절벽만이 남았으며 붉은 절벽에서 조금 더 이동해서야 작나무 군락을 발견할 수 있었습니다. 건조한 기후로 화석 보존이 유리했기 때문에 이곳 바얀작에서 많은 공룡 알이 발견되었고 그로 바얀작은 오래전에 공룡의 서식지였음을 알 수 있습니다.

붉은 절벽은 엄청난 규모는 아니지만 아래로 내려가는 길이 다른 곳보다는 경사가 심하고 울퉁불퉁하기까지 해서 조심조심 내려가야 했습니다. 질 좋은 등산화를 신은 친구들도 자칫 미끄러졌습니다.

아, 그런데 말이지요, 울퉁불퉁 내리막 그 길에서 등산화보다 더 안전하고 편한 신발이 있었습니다. 바로 내가 신은 검정 고무신이었습니다. 현대 기술로 만들어진 등산화는 자기의 모습을 변화시키려 하지 않았고, 따라서 낯선 그곳의 지형과 친해지기 어려웠던 듯싶습니다.

하지만 검정 고무신은 울퉁불퉁 그 지형에 착 붙어서 그 땅의 모습으로 변해주었습니다. 땅과 한 몸이 되었습니다. 나 잘났다고 뽐내지 않고 가만히 제 모습을 바꾸었습니다.

하나가 된다는 게 어떤 것인지 고무신 한 켤레가 가르쳐주었습니다. 꽃 수 놓은 고무신 한 켤레가 세상의 이치를 말해주었습니다. ∞

29

사막의 어린 화가

아이스크림도 팔고, 콜라를 비롯한 음료수도 팔고 있습니다. 뙤약볕 내리쬐는 바얀작 입구에서 만난 그 사내아이는 환하게 웃으며 우리를 맞이합니다. 사막에서 만난 사람들 중 가장 밝게 웃고, 가장 씩씩한 목소리를 들려줍니다. 사막의 다른 노점 아이들처럼 조금은 풀죽은, 조금은 기 빠진 모습이 아닌, 한 옥타브 위의 카랑한 목소리는 사막 여행에 지쳐가는 우리까지 기분 좋게 해줍니다.

화가가 꿈이라는 아이는 돌멩이를 비롯하여 이것저것 펼쳐놓은 노점의 좌판 위에 손수 그린 그림들을 올려놓고 열심히 설명을 해줬습니다. 영어가 제법입니다. 자신감 넘치는 아이의 모습이 참 보기 좋습니다. 기죽지 않는 모습, 당당한 모습은 사막의 추위를 이겨내고 피어나는 꽃송이를 닮았습니다.

디자인 공부를 하고 있는 우리 집 아이와 화가를 꿈꾸는 사막의 어린 아이가 이런저런 얘기를 나눕니다. 서로 통하는 무엇인가를 갖고 있다는 것은, 나누는 것은 사랑입니다. 사막의 아이, 소망대로 좋은 화가가 되면 좋겠습니다.

여행을 떠날 때면 아이는 늘 스케치북을 챙겼습니다. 아이가 미대를 갈 거라곤 생각을 하지 못했던 어릴 때부터 그랬습니다. 낯선 어느 골목에 쪼그려 앉아 연필로 스케치북에 뭔가 슥슥 그려가는 모습은 참 멋스러웠습니다. 여행에 지쳐 잠시 쉬는 시간에 그림 그리기에 빠져 있는 아이를 흘깃 훔쳐보며 피곤함을 잊곤했습니다. 달리는 자동차를 그리기도 하고, 졸고 있는 엄마 모습을 그리며 킥킥대기도 하고, 여행에서 만난 어떤 이의 얼굴을 그려서 선물로 주기도 했습니다. 그런 아이를 볼 때면 난 부러웠습니다. 어떤 방법이건 맘속 표현을 잘할 수 있음은 축복입니다.

기분 좋은 노점상 아이를 뒤로하고 숙소에 도착했습니다. 사막에서는 전화도, 인터넷도 되질 않습니다. 따라서 게르는 예약이 전혀 되질 않습니다. 물론, 관광객을 위한 현대식 게르에는 전기가 있어서 불도 켤 수 있고, 충전도 가능하지만 우리는 전통적인 게르를 찾아 다녔기에 불편함이 많았습니다. 사막 여기저기를 쏘다니다가 저녁 무렵 만나는 게르에서 비어 있으면 빌려 자고, 자리가 없으면 미련 없이 다른 게르를 향해 떠나야 합니다. 그러니 너무 늦게 게르에 도착하면 잠자리를 구할 수 없어서 어려움을 겪을 수 있습니다. 바얀작의 게르에 도착하니 손님들에게 빌려주는 게르는 이미 이탈리아 친구들이 들어간 상태였고, 다행히 우리는 주인들이 사용하는 집을 빌릴 수가 있었습니다.

어느 게르나 마찬가지로 게르 저만큼 떨어진 곳에는 나무판으로 시선만 가린 화장실이 등을 돌린 채 호젓하게 서 있고, 천창 열린 게르는 이만큼 떨어져 얌전히 앉아 있습니다. 파란색 바탕의 천에 붉은 꽃무늬 고운 천이 둘러진 게르에는 문양 화려한 키 낮은 주황색 가구가 놓여 있고, 가족사진이 담긴 액자가 조로록 걸려 있습니다. 연료통엔 작나무의 뿌리와 나뭇가지 몇 가닥, 그리고 잘 말린 말똥이 들어 있습니다.

하루 종일 달려 먼지투성이가 된 짐들을 대충 정리하고 저녁을 짓습니다. 사막에서 노닐다가, 달리다가 점심은 작은 마을의 식당을 이용했으나 아침, 저녁은 우리가 지어 먹어야 했습니다. 물을 구입하기 위해 작은 마을의 가게에 들르면 식품은 얼마든지 살 수 있습니다. 더군다나 김치며 라면이며 맥주 그리고 과자류까지 한글이 쓰여 있는 한국 제품들이 진열대를 가득 채우고 있습니다. 70년대 우리나라 어느 시골 가게에 들른 것 같습니다.

그날도 우린 바얀작의 게르로 오던 길에 김치며 밑반찬 몇 가지와 된장, 양파 등을 사 왔습니다. 쌀밥을 짓고, 양파 숭숭 썰어 넣은 된장국을 끓였습니다.

아! 해 뉘엿뉘엿 넘어가는 사막의 저녁에 맡는 쌀밥 냄새와 된장국 냄새는 정말 환상입니다. 반찬이라야 된장국에 시디신 김치 한 종지, 오이장아찌 몇 조각, 참치 통조림 한 통, 아껴둔 조각김 몇 장, 마른 멸치 몇 마리에 고추장 한 숟갈이지만 진수성찬입니다.

된장국에 말은 밥 한 술 떠서 신 김치 올려 입 크게 벌리고 한입 먹으니 뱃속에서 국자가 쫓아나와 담아갑니다. 김 한 조각에 밥 한 수저 올려 도르르 말아 입에 넣고 눈을 감습니다. 고소하고 달콤한 맛이 사막의 저녁을 황홀하게 합니다. 양념도 하지 않고 프라이팬에 달달 볶아온 멸치를 칼칼한 고추장에 푹 찍어 넣으니 오도독 씹힙니다. 눈물 나게 맛납니다. 밥 한 그릇 뚝딱 해치우고 그 그릇에 다시 담은 누룽지 한 그릇, 예술입니다. 그리고 숭늉 한 대접, 슬프도록 감사한 저녁입니다. 뭣이 맛있네, 어느 레스토랑이 근사하네, 제 아무리 자랑질 해대도 고비사막에서 먹는 된장국에 누룽지를 어찌 이길 수 있을까요? 숭늉 맛을 어찌 흉내 낼 수 있을까요?

저녁을 먹은 후 어떤 친구는 별을 보기 위해 게르 앞에 자리를 펴고 누웠고, 어떤 친구는 하루를 가만가만 메모해가고, 어떤 친구는 조금 일찍 잠자리에 들어갑니다. 물론, 오늘 밤도 머리 감을 엄두는 차마 내지 못하고 그저 바람결에 먼지만 툴툴 털어냅니다. ∞

30

청춘의 밤

◇◇◇◇◇◇◇◇◇◇◇◇

허르헉(몽골 전통 양고기 요리)에 보드카 한 잔 하지 않고 잠자리에 들 수 있으랴. 하늘에 별은 가득하고, 그 별 지니 달 둥실 떠오른 그 밤에…!

잠 못 드는 이들이 게르 옆에 조용조용 모였습니다. 찌그러진 밀크 통을 의자 삼아 두런두런 앉았습니다. 누가 먼저랄 것도 없이 보드카 한 잔씩 털어 넣고, 식칼 들어 허르헉 한 입 썰어 넣고 저마다의 가슴을 쓸었습니다.
잘생긴 몽골의 두 청년이 기타를 가져왔습니다. 멋쟁이 그 친구들 먼저 달콤하게 노래를 부릅니다. 아이돌 못지않은 근사한 노랫소리가 마른 사막에 조용히 퍼져 갑니다.
하늘 가득 박혔던 별은 서서히 지고, 커다란 달이 휜히 떠오릅니다. 기타 소리 은은하고, 노랫소리 달콤하니 천상의 세계입니다. 몽골 총각들에 질세라 우리도 기타를 건네받습니다. 젊었을 적 모닥불 피워놓고 불렀던 노래들을 가만가만 부르기 시작합니다.

그는 바리톤의 근사한 목소리로, 그녀는 목청 곱게 소프라노를, 더러는 한소리로 노래를 합니다.

'조개껍질 묶어 그녀의 목에 걸고…'가 끝나면 '저별은 나의 별…'이 이어지고, '한 사람 여기 또 그 옆에…'가 끝나기가 무섭게 '사랑해 당신을… 정말로 사랑해…'가 울려 퍼졌습니다. 음악은 국경을 뛰어넘는 소통의 도구임을 새삼 느낍니다.

밤은 깊어갔습니다. '열정이 있는 한 청춘이다'라는 누구의 말을 굳이 빌리지 않더라도 우리는 사막을 선택했고, 뜨겁게 달렸고, 며칠씩 제대로 씻지도 못한 채 작열하는 태양을 온몸으로 받으면서 신기루에 환호하고, 별을 기다리며 다시 또 달리는, 그러면서 다시 환하게 웃을 수 있는 우리가 청춘이 아니고 그 누가 청춘이랴!

가만가만 시작되었던 추억 속의 노랫소리가 조금씩 커졌고, 우리 뒤편에서 놀고 있던 이탈리아 친구들이 합석을 요구해 왔습니다.

웰컴!!!

이탈리아 이 친구들, 우리만큼 열정 강한 민족 아니던가? 뜨겁기로 막상막하인 두 민족이 사막에서 만났습니다. 별이 뜨고 달이 뜨는 그 밤에 만났습니다. 청춘으로 만났습니다. 생김새가 다르고 말이 덜 통하더라도 그러면 어떻습니까? 당신이 누구인 줄 알면 어떻고 모르면 또 어떻습니까? 고비사막 하늘 아래에서 지는 별을 함께 보고 떠오르는 달을 함께 보는 인연이라면, 그 달빛 아래에서 함께 손잡고 박수 치고 노래하는 인연이라면, 당신과 나는 이미 몇 천 겁의 인연으로 지어졌을 텐데요.

주거니 받거니 노래가 이어졌고, 서로에게 진심 담은 박수를 쳐주는 사이 달빛은 하염없이 내려앉았습니다. 아, 그 달밤에 동행하신 아침산 님이 소리를 합니다. 「춘향가」를 부릅니다. 사막 한가운데 그 한밤중에 춘향가라니, 맨 바닥에 맨발로 무릎 꿇고서 끊어질 듯 이어지는 애끓는 춘향가라니…!

변 사또의 수청을 거절하여 곤장을 맞고 옥에 갇힌 춘향이가 한양 낭군을 기다리는 대목인 '쑥대머리'가 중모리로 흐르자 애절한 그 가락에 함께 절절해했고, 어사출또 대목이 자진모리로 휘몰아칠 때에는 함께 어깨를 들썩였습니다. '얼쑤~~~!' '잘 헌다!' 추임새가 절로 났습니다.

엄마를 사진기에 담느라 정신없던 아이가 이탈리아 친구들에게 춘향가에 대한 설명을 열심히 해주고, 그 이야기를 알아들었는지 그들은 고개를 끄덕입니다. 가슴을 열고 청춘을 나누었던 친구들이 서로를 담으려 노력하는 밤입니다. 문화가 어우러지는 순간입니다. 뜨거웠던 하루가 뜨겁게 지나가고 있었습니다.

이탈리아인들의 문화에 대한 자부심이야 굳이 말하지 않아도 모두 아는 바이지만, 문화를 즐기는 그들의 자세는 한 번쯤 생각해 볼 일입니다. 매년 여름 한 달 동안 오페라 축제가 열리는 이탈리아의 베로나에서 「아이다」를 관람한 적이 있습니다. 2세기 초 로마 시대에 건립된 원형극장 아레나에서 야외공연으로 열리는 이 축제의 역사는 1913년까지 거슬러 올라갑니다. 이탈리아의 대표적인 오페라 작곡가인 베르디와 푸치니의 작품을 중심으로 연주되는데 40도에 가까운 무더운 여름 날씨임에도 관람자들은 최고의 성장을 하고 관람을 합니다. 매일 밤 아홉 시에 시작해서 새벽까지 이어지는 오페라 공연은 지휘자와 연주자들에 대한 경의의 표시로 촛불을 밝히면서 시작됩니다.

그날 역시 촛불은 밝혀졌고 징소리와 함께 막이 올랐습니다. 로마 시대의 야외극장에서 새벽까지 오페라를 관람한다는 사실만으로도 매력적이었는데 규모의 웅장함에 더욱 흥분되었습니다. 그런데 2부 공연 도중 갑자기 빗방울이 떨어지는 돌발상황이 생겼습니다. 오케스트라 악기 위에 부랴부랴 비닐이 덮이고, 관계자들은 불안한 표정으로 바삐 오가고, 2만 명이 넘는 관중들은 자리를 지키며 막이 다시 오르기를 기다리고 있었습니다. 그때 관중석의 제일 위쪽에서 노랫소리가 들리기 시작했습니다. 마이크도 없이 맨 목소리로 「산타루치아」를 부르는 남성 관중의 소리는 아레나 공연장을 황홀하게 만들었습니다. 프로 같은 아마추어의 멋진 노래가 끝나자 2만여 관중들은 환호성을 지르며 앙코르를 외쳤고, 그 남성 관람객은 다시 노래를 부르기 시작했습니다. 그가 다시 부르는 「돌아오라, 소렌토로」는 어둑한 야외극장을 천상의 세계로 만들어줬습니다.

사람들은 우레와 같은 박수를 쳤습니다. 그리고 파도타기가 시작되었습니다. 빗방울이 멈춰 다시 막이 오를 때까지 넓은 야외극장 아레나의 파도타기는 끊이질 않았습니다. 오페라 「아이다」는 물론 좋았지만, 그날 밤 자칫 무료해질 수 있는 돌발상황에서의 남성 관람객의 아름다운 목소리와 파도타기의 함성 또한 잊을 수가 없습니다. 문화를 즐기고 예의를 지키는 그들이 솔직히 멋졌습니다.

로마 시대의 원형 경기장을 이용한 야외극장은 베로나에만 있는 것이 아니었습니다. 로마의 여러 곳에서 만날 수가 있었습니다. 과거와 현재가 한 덩어리가 되어 새로운 문화로 꽃피어가는 모습은 부러웠습니다. 자국의 역사와 민족의 문화에 자부심을 갖고 사랑하는 모습은 아름다웠습니다.

판소리 한 대목쯤 부를 수 있는 실력을 갖지 못함이 늘 아쉬웠는데, 친구의 「춘향가」를 고비에서 듣자니, 그것도 이탈리아 친구들이랑 몽골 친구들이랑 함께 듣자니 덩달아 기분이 좋았습니다. 행복했습니다. 괜히 내 어깨가 으쓱해졌습니다.

춘향가를 절절하게 부르던 산님이 밤중에 사라졌습니다. 기온 뚝 떨어지는 사막의 밤이기에 찾아나서는 무례를 범할 수밖에 없었습니다. 게르를 뒤로하고 주변을 헤맸으나 쉽게 찾을 수가 없었습니다. 한참 후에야 우린 그를 발견했습니다. 사막 한가운데서 반듯하게 누워 기타를 껴안고 하늘 향해 누워 잠들어 있는 그를 발견했습니다.

아, 그 자유… 그 순수…!

말갛게 세수하고 떠오르던 달님이 그의 손을 잡아 이끌었으리라고 난 믿습니다. 나도 그처럼 아무도 몰래 가만히 빠져 나가 달빛을 덮고 사막에 누워 잠들고 싶었습니다.

청춘의 밤이 그렇게 지나가고 있었습니다. ∞

31

신기루, 끝없는 신기루

뜨거운 청춘의 밤을 보내고 거친 사막을 향하여 우린 다시 달렸습니다. 황량한 사막이 우리를 기다리고 있었습니다. 푸른색은 거의 사라지고 자디잔 자갈들만이 난무한 이름 그대로의 사막입니다. 한참을 달리던 제크 아저씨가 앞을 보라 하십니다. 한국에서 잠깐 살다 오셔서 짧은 한국말을 하시는 아저씨는 아저씨 특유의 억양으로 "신기루야~~!" 하십니다. 눈앞에 아롱아롱 신기루가 펼쳐집니다.

아저씨는 차를 세워서 운전석 문을 열어 내게 올라서게 하십니다. 밖으로 내린 아저씨는 내가 올라선 문을 붙들고 계시면서 차 지붕 위쪽으로 카메라를 올려서 찍도록 도와주십니다. 달리다 보니 내내 신기루였고, 그런 신기루를 계속해서 만날 줄 뻔히 알면서도 아저씨 차에서의 첫 신기루를 그렇게 만나도록 도와주셨습니다. 감사한 아저씨!

"저기 신기루~~!"

제크 아저씨가 다시 외치십니다.
끝없이 신기루가 펼쳐집니다.

낙타가 물 위를 걷고 있습니다.
자동차가 물 위를 달리고 있습니다.
전봇대가 물 위에 서 있습니다.
나무들이 물속에 서 있습니다.
섬들이 둥둥 떠 있습니다.

사막 저 끝에는 호수가 있습니다.
바다가 있습니다.
낙타와 자동차가 사막의 배입니다.

달려도 달려도 신기루가 펼쳐집니다.
다가가면 황량한 사막뿐인 그곳에….

어쩌면 우리 삶 자체가 신기루 아닐는지요?

"살아온 날 되짚어 생각해보믄 어찌케 살았능가 싶었든 날도 있었재마는 시상에도 없는 느그 아부지를 만나서 요만치 살았으믄 원도 없다. 눈 한 번도 안 힐기고, 큰 소리 안 내고 살았재. 쌈 한 번도 안 허고 살았재. 낯 붉힐 거 뭐 있간디. 뭔 소리 나올라 그믄 얼렁 웃어불믄 되재. 뭣 허게 싸와."

"엄마는 다음 생에도 아부지랑 살고 자퍼?"

"꿈에라도 잔 뵈믄 좋을 꺼인디 꿈에도 통 안 뵈게, 보고 잔다. 나가 젤로 가심이 애린 것은…."

"엄마, 안 운담서 또 우네."

"안 운다. 나 뇌수술 헌다고 빙원에 들어가 둔넀을 때 그 많은 보리럴 혼자 비고 들어와서 찬물에 밥 한 술 몰아 잡수고 넓은 방에서 혼자 끙끙 앓았을 것을 생각하믄 지금도 짠해 죽겄다. 넘덜 밭에는 영감 할멈 날날허니 함께 있는디 크나큰 밭에서 혼자서 일험서 얼매나 폭폭했으까 생각허믄 딱 죽겄다. 요새는 돈얼 많이 준다 그래도 넘 일 안 헐라 긍께 놉 얻기가 심들어. 긍께 느그 아부지 혼자서 그 많은 일을 다 허다시피 했재 뭐."

"나도 아부지 같은 사람한테 시집가고 싶었는디…."

"아부지 같은 사람이 어디 있간디? 글재마는 박 서방도 좋은 사람잉께 잘 허고 살어라. 인생 금방이여. 좋은 말 허고 살기도 짧은 시상인디 뭣하게 아웅다웅 싸우고 살 것이냐. 살아가는 것이 고부고부 심든 것이여. 나만 심든 것 같어도 넘들도 다 한가지여. 한 고부 넘어가믄 펑자락 나올 성 싶어도 또 한 고부가 있고, 또

한 고부 넘어가믄 또 다른 고부가 있는 것이 사람살이인 것이여. 있으믄 있는 대로 없으믄 없는 대로 어려운 것이여. 어떤 사람은 뭐 별 거이 있간디."

"엄마, 명절 때 남의 집 자식들은 양손에 주렁주렁 선물 꾸러미 들고 오고, 돈도 벌어다 드리는데 우리는 늘 학비를 받아가야 해서 그때가 제일 미안했어."

"벨 소릴 다 헌다. 느그들이 교복을 이쁘게 입고 책가방을 들고 쩌그 콩밭 새로 어룽어룽 뵈믄 엄마는 얼매나 자랑스러웠는디…. 돈 보담도, 귀헌 선물 보담도 공부 잘해준 느그들이 젤로 존 선물이었재. 느그들이 쬐깐했을 때부터 모두 다 객지에 나가 학교를 댕깅께 밥이라도 지대로 묵고 있능가, 연탄불은 안 꺼치고 자능가 늘 걱정인디 방학 되가꼬 '엄마!' 부름서 마당 들어 설 때가 젤로 좋았다. 따순 밥 믹여서 한 방에 모닥모닥 재워놓고 보믄 밥 안 묵어도 배가 불렀다. 엊그지께 같은디 금방 다 커부렀어. 거시 랑치같이 가늘디가는 손으로 밥해 묵고 살림 허믄서 새끼들 가르치러 댕기느라고 애쓴다."

"엄마, 우리들은 엄마가 맨날 한 방에서 자게 하는 게 싫었어. 빈 방도 있는디 왜 맨날 항꾸네 자라 글까 그럼서 투덜댔거덩. 근데 이제는 그 맘을 알겄어."

"새끼덜 키워본께 알겄지야?"

"엄마, 엄마는 어찌케 우리한테 그렇게 했으까? 나는 엄마처럼 우리 애들한테 못 허겄어."

"새끼들한테도, 뭣에도 욕심내지 말고 살어. 아부지 돌아가실 때
도 봤겠재마는 뭐 갖고 가시드냐? 그저 입해준 삼베옷 한 벌 얻
어 입으믄 그뿐인디…. 어찌꼬 생각허믄 사는 것이 참 허망해. 꿈
한 번 꾸고 가는 것 같어. 아이와, 근디 느그 아부지는 잔상시롭
게 안 뵈어야. 꿈에라도 한 번 보고 잔디….'"

우리 살아가는 것이 어쩌면 신기루 같은 것인지 모르겠습니다.
열심히 살다보면 무엇인가 이룰 것 같아 정신없이 살지만 꿈 한
번 꾸고 가는 것 같다 하십니다. 꿈속에서라도 보고 싶다던 아버
지 찾아가신 엄마는 그곳에서 아버지 만나 생전처럼 환하게 웃
으시는지 모르겠습니다. ∞

32

달빛 화장실

◇◇◇◇◇◇◇◇◇◇◇◇◇◇◇

하루 종일 달려도 사람 보기 힘든 사막에서 제대로 된 화장실 만나기가 어디 쉬웠을라구요. 달리다 멈추면 그곳이 화장실이고, 걷다 멈추면 그곳이 화장실이 되었습니다. 가릴 것 하나 없는 무한히 넓은 사막에서 우산 하나 들고 나서면 그것으로 충분했고, 헐렁한 비옷 하나 걸치면 또한 충분했고, 돗자리 하나 펼치면 최고의 화장실이 되었습니다. 어쩌다 정말 운이 좋으면 엉덩이 하나 가릴 수 있는 작은 나무 한 그루쯤 만날 수도 있었습니다.

사막의 화장실 중 최고의 화장실은 달빛 화장실입니다. 달빛 화장실의 낭만은 겪어본 사람만이 알 수 있는 아름다운 순간입니다. 모두들 곤히 잠든 시간 게르 안은 한낮의 피로를 벗 삼아 잠든 이들의 숨소리만 가만가만 들리고, 사위는 온통 어둠뿐입니다.

조용히 게르 문을 열고 나옵니다.
아, 밝습니다.
휘영청 밝습니다.
달빛 하얗습니다.
달빛 받은 게르 두어 채도 하얗습니다.

게르를 뒤로하고 가만가만 걷습니다.
홀로 걷습니다.
달빛 어린 고요한 사막을 홀로 걷습니다.
아닙니다.
달빛과 함께 걷습니다.
천지사방이 달빛입니다.
달빛이 발끝에 차입니다.

아, 이 기분을 어떻게 말해야 할까요?
말하기 어렵습니다.
표현하기 어렵습니다.

누군가와 기어이 마음이 통할 것만 같은
정이 통해버릴 것만 같은 달밤입니다.
누군가에게 사랑한다 말하고 싶은
말해버릴 것만 같은 고비의 달밤입니다.

그 달빛 아래에서
아무것도 가릴 것 없이 꽃을 땁니다, 말을 봅니다.
달빛 화장실은 천상의 시간입니다.

고비사막에서 '꽃 따러 간다', '말 보러 간다'는 말은
'화장실에 간다'는 뜻이라지요?
여자는 '꽃 따러 간다' 하고, 남자는 '말 보러 간다' 한다지요?
얼마나 이쁜 말인지요.

달빛 화장실 한번 들르지 않으실래요?
달빛 아래에서 꽃 한번 따지 않으실래요?
달빛 아래에서 말 한번 보지 않으실래요?

어릴 적에 난 내성적인 둘째언니와 밤마다 이불을 가지고 싸웠습니다. 서로 많이 차지하려고 이불을 잡아당기는 싸움은 밤이면 밤마다 계속되었습니다.

할머니가 불을 꺼서 방이 어두워지기가 무섭게 둘은 소리 없는 이불 쟁탈전에 들어가곤 했습니다. 이불 위쪽에서는 말 한마디 없이 잡아당기기가 계속되었고, 이불 속에서는 엉킨 발끼리 수도 없는 말들을 나누기 일쑤였습니다. 서로 차고, 밀고, 걷어내며 살벌한 대화는 이불 속에서 조용하게 치열했습니다. 눈치를 채신 할머니의 꾸지람을 듣고서야 서로 등을 돌리고 잠을 청하곤 했습니다. 가끔씩 할머니가 고모 댁에 가시고 맘 좋으신 할아버지만 계신 날엔 맘 놓고 이불 전쟁을 치렀습니다.

그런 어느 새벽에 오줌이 마려워 눈을 떴습니다. 간밤의 이불 다툼에 대한 감정이 남았던지라 어둠 속에서도 언니를 향해 눈을 흘기면서 마려운 오줌을 억지로 참고 있었습니다. 더 이상 참을 수 없는 지경에 이르러서야 나는 이불을 빠져 나왔습니다.

눈을 거의 감은 상태로 더듬더듬 문고리를 찾아 문을 열었습니다. 밤새 문 앞에서 머물던 찬바람이 확 밀고 들어왔습니다. 무릎 나온 내복을 끄집어내려 발목을 덮으면서 고모 댁에 가신 할머니가 돌아오셔야 새로 나온 엑쓰란 내복을 입을 수 있을 텐데 할머니는 언제 오실까 손가락을 꼽았습니다. 찬바람에 잠깐 움찔하던 나는 여전히 눈을 감은 상태로 마루를 향해 발을 내디뎠습니다. 발끝은 이내 오므려졌습니다. 차디찬 마루는 잠에 취해 있던 온몸을 흔들어댔으나 눈은 여전히 반쯤 감은 상태였고 난 웃방 쪽에 놓여 있는 요강을 더듬더듬 찾았습니다.

헐거워진 내복을 내리고 엉덩이를 요강 위에 살포시 얹었습니다. 얼음 서걱거리는 마룻장에도 떠지지 않던 눈이 금세 황소 눈이 되어 떠졌고, 이마는 있는 대로 찡그려졌습니다. 조금 전 나갔다 들어왔던 작은언니를 향한 미움이 들끓었습니다. 다른 사람이 아닌 작은언니가 마지막으로 요강을 찰랑찰랑 채웠다 생각하니 치밀어오르는 화를 누를 길이 없었습니다.

하지만 엉덩이에 묻을까 봐 작은 엉덩이를 들어 조절을 해가면서 요강을 채웠을 모습을 생각하니 미운 언니이건만 피식 웃음이 나왔습니다. 미지근한 오줌에 엉덩이를 달빡 적신 나는 옆에 걸린 수건으로 엉덩이를 훔친 후 토방으로 내려섰습니다. 차가운 고무신을 꿰어 차고 아래채에 있는 뒷간을 향해 작은 어깨를 움츠리고 줄달음을 치면서 언니를 향한 욕을 서리서리 내뱉었습니다. ∞

33

달빛과 보드카
◇◇◇◇◇◇◇◇◇◇◇◇◇◇◇◇◇◇◇

게르 밖은 달빛으로 흥건하고 어둑한 게르 안은 보드카로 흥건
합니다. 보드카를 제대로 맛본 것은 한겨울의 시베리아에서였
습니다.

"누나, 달리는 시베리아 횡단 열차에서 석양을 바라보며 보드카
한 잔 하시게요."

그 한마디에 시베리아 횡단 열차에 오른 적이 있습니다. 분단을
넘어 대륙을 향하는 길목인 겨울의 심장 시베리아를 달리는 것
도 좋지만, 민족의 시원이라 불리는 바이칼 호수를 만나는 것도,
끝없이 펼쳐지는 눈 쌓인 자작나무 숲을 거니는 것도 좋지만, 연
해주 고려인들의 아픈 숨결을 만나는 것은 더욱 의미 있고 좋지
만, 해질녘 열차 안에서 요절한 빅토르 최의 음악을 들으며, 지바
고의 연인 라라를 그리며 마시는 보드카는 정말 좋았습니다.

허벅지의 실핏줄이 터져서 시퍼렇게 멍이 들어버리던 영하 40도의 앙가라 강변에서 저녁별을 카메라에 담기 위해 오들오들 떨다가 들어와서 컵라면에 마셨던 보드카 맛은 그냥 술맛이 아니었습니다. 한없이 달려도 열차를 따라오던 물안개 자욱한 바이칼 앞에서 콧속까지 얼려버리는 바람을 안주 삼아 마셨던 보드카는 눈물겨웠습니다. 끝도 없이 펼쳐진 하얀 눈밭 자작나무 숲을 거닐다가 러시아식 사우나 바냐를 한 후 얼음물에 몸 담그고 마신 보드카 맛은 아, 표현할 방법이 없습니다.

그렇게 만났던 보드카였기에 몽골에서도 보드카에 대한 기대가 컸습니다. 시베리아의 보드카와 고비사막의 보드카는 어떻게 다를지 궁금했습니다.

술맛은 물맛이고 땅맛이라지요? 몽골의 보드카 맛은 시베리아의 그것과는 분명 다른 맛이었습니다. 땅이 다르고 물이 달라서 빚을 때부터 이미 다른 맛일 수밖에 없겠습니다마는 그것보다는 영하 40도의 한겨울 시베리아에서 만났던 보드카와 영상 40도를 넘나드는 한여름 고비사막에서의 맛이 절대 같을 수는 없었습니다. 어쨌건 한겨울 시베리아에서 만났던 보드카의 맛이 맑고 쨍한 맛이라면, 한여름 고비에서의 보드카는 그보다는 조금 둔탁한 맛입니다. 시베리아의 보드카가 바이칼의 물맛이라면, 몽골의 보드카는 고비사막의 흙맛이라 하겠습니다.

물맛이건 흙맛이건 흥건하게 젖어가는 가슴은 같습니다. 굳이 시베리아 속에서 아픈 우리 민족의 역사를 끄집어내지 않더라도, 뜨거운 고비에서 사막화의 지구를 논하지 않더라도, 길 위에서 맛본 보드카는 똑같이 가슴 젖게 합니다. 사막 들어서면서부터 비워 간 가슴이 어찌 젖지 않을라구요? 달빛 흥건한 그 밤에 어찌 아닐라구요?

고운 달빛 때문인지, 가슴까지 찌르르한 보드카 때문인지 알 수는 없으나 도저히 잠을 이룰 수가 없었습니다. 분홍빛으로 물든 가슴을 안고 달빛 아래 아이와 천천히 걸었습니다.

"해송아, 좋다."
"정말 좋다, 엄마."

미치게 밝구나!
환장하게 좋구나!
고비의 이 달밤… ∞

#34

큰언니와 목화

◇◇◇◇◇◇◇◇◇◇◇◇◇◇◇◇◇

"엄마, 난 있잖아. 해 넘어가는 이 시간이 참 좋아."

"엄마도 그래."

"근데 엄마, 게르 주인아주머니가 큰이모랑 닮았어, 그치?"

"그러네."

"엄마, 난 해거름이면 가끔씩 큰이모가 보고 싶어. 어렸을 적에 엄마보다 큰이모가 더 엄마 같았어. 엄마가 학교 가고 아침 일찍 큰이모네 가면 큰이모는 '아이고, 내 새끼~' 그러면서 꼭 끌어안 아 줬어. 큰이모 냄새가 참 좋았어."

"엄마도 그래. 오래전 큰이모가 시집가던 날 엄만 많이 울었어."

"오널은 지발 좋은 일 헌다고 밍밭(목화밭)에 손대지 말고 가그라,
잉?"
"잉, 할무니. 손 안 댈 거여."

사립 나서 돼지우리 지나 학교 가는 내 뒤꼭지에 대고 할머니는
그날도 한 말씀을 하셨습니다. 학교 가는 길 옆 큰 밭에는 여름
이면 분홍색, 빨간색, 하얀색의 목화꽃이 흐드러지게 피어났습
니다. 볼거리 별로 없던 우리에겐 "오메, 뭔 놈의 꽃이 저렇게 이
쁘까잉!" 탄성을 자아내게 했고, 목화다래가 열리기도 전에 꽃은
꺾여 나갔습니다.
그때부터 할머니는 비상이었습니다. 꽃 지고 초록색 다래가 열
릴 때쯤엔 할머니의 날선 눈빛과 잔소리는 더욱 심해지셨으나,
나는 어떻게든 할머니의 눈을 피해 목화밭을 무시로 드나들었습
니다. 삐비도 찔레도 쇠어서 먹지 못한 여름이면 강냉이랑 고구
마가 소쿠리에 그득이었지만, 목화다래의 그 달짝지근한 맛과는
비교가 되질 않았습니다. 초록 다래를 따서 껍질을 벗겨 입에 넣
으면 연한 하얀 속살이 부드럽게 씹혔고, 한 입 베어 물었을 때
배어나오는 달짝지근한 그 행복한 맛이라니…! 그 맛을 잊지 못
해 학교 가는 길에 내 손은 종종 목화밭을 훑었습니다.

우리 집 밭들은 남들보다 유난히 넓었고, 논도 밭도 모두 집에서
건너다볼 수 있는 동네에서 가장 좋은 문전옥답이었습니다. 목

화가 가득 피었던 그 밭도 당연히 집에서 훤히 보이는 곳이었습니다. 학교 가는 시간이면 할머니는 마루 끝에 나와 계셨습니다. 다래가 익기도 전에 몽땅 사라지는 것을 막기 위해 불을 켜고 보초를 서시는 할머니의 눈을 피해야만 했던 난 꾀를 냈습니다. 걸어가긴 하되 다리를 접어서 키를 낮춰 앞을 보고 걸으면 엎드리지 않고도 손이 목화나무에 닿으니 마루 끝에서 건너다보시는 할머니의 눈을 얼마든지 피할 수 있었던 것입니다. 손끝에 느껴지는 감각으로 풋 것인지 쉰 것인지 금방 가늠할 수 있었고, 손 아귀엔 금세 야들야들한 목화다래가 한 움큼이 되었습니다. 그 방법으로 한동안 학교 가는 내내 단맛을 볼 수 있었습니다.

단맛도 단맛이었지만 사실, 목화가 익어서 하얗게 터지는 것이 난 무엇보다 싫었습니다. 그 목화가 하얗게 익으면 솜이불을 곱게 만들어서 큰언니가 시집을 가야 한다니 목화가 피기 전에 얼른얼른 따 먹어서 솜이불을 못 만들게 하고 싶었습니다.

큰언니 따라 극장에 가는 것도 좋았고, 눈치 보며 언니들 노는 데 따라다니는 것도 좋았고, 고운 옷 입혀주는 것도 좋았고, 맛난 것 사 먹여주는 것도 좋았고, 무엇보다 언니의 푹신한 가슴에 얼굴 묻고 잠잘 때 맡을 수 있었던 큰언니만의 그 향내가 너무나 좋았는데 그런 큰언니가 시집을 가는 것은 너무나 싫었습니다. 엄마보다 더 엄마 같던 우리 큰언니, 통도 크고 손도 크던 우리 큰언니가 시집가는 건 정말 싫었습니다.

그렇게 열심히 따먹었건만 얼마 뒤 목화밭은 하얀 솜꽃으로 뒤덮였고 학교 다녀오면 바구니 들고 목화를 따야만 했습니다. 농사도 양식업도 아주 큰 우리 집이었지만 다른 일은 절대 시키지 않았는데 이상하게도 하기 싫은 목화 따는 일은 시키셨습니다. 빨리 따면 큰언니가 빨리 시집을 가버릴 것만 같아서 일부러 한눈팔고 해찰을 할 때면 어김없이 할머니의 잔소리가 뒤통수에 꽂혔습니다.

해찰을 부리고 또 부려도 큰 밭 한가득이었던 목화는 마당에 가득 널렸고, 급기야 곱게 탄 솜은 할머니 방인 안방의 하얀 이불 속감 위에 곱게 펼쳐졌습니다. 집안 여자 어른들의 잰 바느질 솜씨로 곱던 하얀 솜은 더 고운 색색의 이불감에 감싸여 덩실덩실 이불로 쌓여 갔고, 큰언니는 사랑하는 사람을 가슴에 묻고 어른들이 짝지어준 엉뚱한 남자에게 시집을 갔습니다.

큰언니가 시집가던 날, 난 많이 울었습니다. 언니의 사랑, 그 남자도 많이 울었습니다. 언니랑 함께 살지 못하게 된 내 설움도 컸지만, 둘 사이의 연애편지 전령이었던 난 두 사람이 너무나 불쌍해서 어린 맘에 서럽게도 울었습니다. 지금 생각해도 정말 울 일이었습니다.

큰언니를 닮은 게르의 안주인이 좋은 웃음으로 눈인사를 해옵니다. 사랑이 무엇인지 아직은 잘 모르는 아이가 넘어가는 해를 보며 큰이모 생각에 가슴 아파합니다. 아이의 눈시울이 붉어집니다. ∞

35

낙타줄에서 씻김굿을 만나다

◇◇◇◇◇◇◇◇◇◇◇◇◇◇◇◇◇◇◇◇◇◇◇◇◇◇◇◇◇◇◇◇◇◇◇◇◇

한 무리의 낙타가 들판을 어슬렁거립니다. 등허리에 봉우리 두 개씩을 달고 유유히 걷습니다. 쌍봉낙타의 유일한 서식지가 고비라는 말을 실감합니다. 우뚝 솟은 봉우리들을 세우고 걷는 자태가 멋집니다.

낙타의 건강 상태는 등에 솟은 혹을 보고 가늠을 합니다. 두 개의 혹이 하늘을 향해 반듯하게 서 있는 낙타는 건강하고 영양 상태가 좋은 낙타이며, 늙거나 건강이 좋지 않은 낙타의 혹은 옆으로 넘어집니다. 대부분의 낙타가 반듯하게 서 있는 혹을 짊어지고 걷고 있습니다. 혹 속에 저장된 지방을 분해하여 필요한 영양과 수분을 충당하는 낙타는 사흘 동안 물을 마시지 않아도 살 수 있으며, 우기에는 물기 묻은 풀만 먹고도 살아갈 수 있는 동물이랍니다.

봉긋 솟은 혹 위로 갈색 털들이 미인 대회의 왕관처럼 뽐을 내고 있습니다. 귀 주위의 긴 털이 바람에 흔들립니다. 걸음을 옮길 때마다 착착 펴지는 발바닥이 이채롭습니다. 넓은 접지 면적으로 모래밭을 걷기에 유리하고, 귀 주위의 긴 털이 모래먼지를 막아주어 사막을 건너는 데 이롭답니다.

하여, 끊임없이 이동해야 하고 사막을 건너야 하는 유목민에게 낙타는 절대적 존재라 할 수 있습니다. 유목민에게는 많은 동물들이 있지만, 수천 킬로미터를 이동할 수 있는 동물은 낙타가 유일하다 합니다. 인간의 힘으로는 불가능한 거대한 사막을 가로지르며 새로운 세계를 넓혀갈 수 있었던 것에 낙타의 역할이 컸겠다고 짐작해봅니다.

고비의 낙타도 예외는 아닙니다. 발이 되어줄 뿐 아니라, 젖을 주고, 털을 주고, 마지막으로는 마침내 제 몸까지 고스란히 줍니다. 그런 낙타이기에 고비에서의 낙타는 그냥 동물이 아니고 한 식구였습니다. 낙타뿐 아니라 다른 동물들도 그렇게 소중하게 공생을 하고 있는 모습이었습니다.

그렇기에, 고비에서 동물의 죽임은 우리의 그것과는 달랐습니다. 그들에게는 오랫동안 불문율로 지켜져 온 것이 있었습니다.

첫째, 너의 죽음이 나를 살린다는 지극한 마음을 담아 숨을 끊을 것.
둘째, 가장 고통스럽지 않게 단숨에 끊어줄 것.

셋째, 숨이 멎을 때까지 안고 기다려줄 것.

넷째, 동물의 피는 절대 땅에 흐르지 않게 할 것.

다섯째, 가능한 봄에 잡지 말 것 – 춥고 굶주린 겨울을 함께 지낸 식구니까.

여섯째, 한밤중이나 비가 내릴 때 잡지 말 것 – 그런 날 내 친구를 보낼 수는 없으니까.

살아내기 위해서 어쩔 수 없이 가축을 잡아먹어야 하지만 한 식구로 살아온 동물들에 대해 그들은 최대한의 예의를 지키는 사람들이었습니다.

무리지어 걷고 있는 낙타를 바라봅니다. 눈썹 긴 눈으로 마주보고 있는 녀석, 긴 목을 뒤로 젖혀 섹시미를 한껏 발휘하고 있는 녀석, 한쪽 귀에 붉은 천을 묶고 있는 녀석, 노란 천을 엮어 만든 목걸이를 하고 있는 녀석, 혼자 고독하게 있는 녀석, 무리 지어 있는 녀석 등 저마다의 모습으로 한가하게 거닐고 있습니다.

낙타의 모정을 알기에 새끼 낙타들을 데리고 다니는 어미 낙타에 유독 눈이 갑니다. 무리를 떠나서 혼자 산고를 겪어냈을 어미 낙타에게 따뜻한 시선을 보내줍니다. 기어이 우뚝 서서 어미의 젖에 다다랐고 그리하여 어미 뒤를 따르게 된 새끼 낙타들에게 격려의 눈길을 보내줍니다.

새끼 낙타는 태어나면서 많이 죽는다고 합니다. 태어난 새끼 낙타가 일어서서 어미 젖을 먹어야 하는데 일어서지 못해 죽기도 하고, 다른 짐승의 공격으로 죽기도 한답니다. 어미 낙타는 죽은 새끼를 기억한답니다. 어미는 새끼가 죽은 자리를 잊지 않고 찾아간답니다. 1년이 지나도 다시 찾아간답니다. 눈물겨운 모정입니다.

푸르공을 타고 두어 시간을 내리 달리니 저만치 하얀 게르 두 채가 눈에 들어옵니다. 이웃이라야 수십 킬로미터 밖에 떨어져 있고, 별과 달을 벗 삼아 사는 그들이기 때문일까요? 여느 가족처럼 그들도 지나가는 여행객을 반가이 맞이합니다. 여느 가족처럼 그들도 수태차를 건네며 환하게 웃습니다. 구릿빛 피부에 청바지와 카우보이모자가 잘 어울리는 주인아저씨가 서부 영화에서 금방 빠져나온 배우 같습니다.

처마 밑에는 낙타털로 만든 갈색 빨랫줄이 하늘을 향해 걸쳐져 있습니다. 하늘 향해 걸쳐진 낙타줄은 사막에 존재했던 모든 생명들의 넋을 하늘로 인도하는 길처럼 보입니다. 죽은 자의 넋을 거둬 저세상으로 인도하는 씻김굿에서의 마지막 장면을 연상케 합니다. 하얀 광목으로 지은 저승을 향한 길을 떠오르게 합니다. 못다 한 설움일랑 거두고 편히 떠나도록, 거둔 넋을 씻기고 위로

해서 마침내 아름다운 이별을 하게 하는 씻김굿을 떠오르게 합니다. 낮에서 밤을 지나 새벽도 지나 다음날 훤해져서야 당골의 한 맺힌 소리와 함께 징소리도 멈췄던 씻김굿을 생각하게 합니다.

"어이, 이 사람아! 아그들 아부지 인자 좋은 데 갔을 꺼이네. 어지께 정때부터 잠 한숨도 안 자고 오늘 낮까장 이 정성을 다해 빌어줬는디 안 그러겄는가? 인자 원도 한도 없겄네. 좋은 데 좋은 데 갔을 꺼이네. 질 닦을 때 뒤돌아봄시롱 설리설리 울어쌌고 가대마는 인자 여그 식구덜은 잊어뿔고 갔을 꺼이네. 긍께 자네도 간 사람 통 잊어뿔소. 여그 남은 사람덜이 잊어뿔고 살아줘야재 간 사람도 가뿐허게 안 가겄능가. 묶어놓은 흑헌 당목 고도 얼매나 잘 풀리덩가. 그 고 풀 적에 목이 시게 껵껵 울어쌌 거 봄서 삼동네 사람덜이 다 울었네. 아그들 아부지 속이나, 쬐까 뒤에 간 우리 조카 속이나 다 한 가지일 꺼이다 싶응께 나가 똑 죽겄대. 시원험시롱도 자석덜 다 내뿔고 어치케 갔을까 싶응께 나가 똑 죽겄대. 인자 잊어뿔소. 다 잊어뿔소. 소지 잘 타올라가는 거 안 봤능가? 꼿꼿허게 타올라서 잘도 안 올라가등가. 소지 잘 타올라가면 원도 한도 다 내뿔고 좋은 데 간다 그러대. 아그들 아부지, 인자 좋은 데 잘 갔을 꺼이네. 인자 잊어뿔소."

굿을 하는 내내 치맛자락을 잡아 눈물을 훔치던 숙이네 할머니는 죽어도 못 잊을 큰자식과의 이별을 서러워하는 엄마를 위로

했습니다. "긍게 말이요, 좋은 데 가겠재라. 거무 같은 새끼덜 못 잊어서 어찌케 갈게라." 대답을 하면서 엄마는 다시 서럽게 울었습니다.

전날 초저녁부터 시작해서 다음날 낮까지 계속되는 굿판에는 우리 동네뿐 아니라 이웃 동네 사람들까지 모두 모여서 징소리 장구소리에 맞춰 퍼지는 당골의 구성진 소리에 눈물을 훔쳤습니다. 하얀 쌀이며 과일을 수북수북 쌓아놓고 죽은 자의 넋을 씻어서 저승으로 보내는 씻김굿은 온 동네의 축제이기도 했습니다.

데엥~~ 데엥~~ 궁딱궁딱 겐지겐지~~~

하얀 한복을 곱게 차려입은 늙수그레한 남자는 징을 울렸고, 곱상하게 생긴 그보다 젊은 여자는 장구를 쳤습니다.

데엥~~데엥~~ 궁딱궁딱~~~

얌전하게 쪽진 머리의 당골 할머니가 울긋불긋 옷을 입고 서러운 목소리로 곡을 할 때면 엄마는 연신 머리를 조아리며 치마를 걷고 속바지에 들어 있던 쌈짓돈을 꺼내서 수북이 쌓인 쌀 위에 얹었습니다.

좁디좁은 방에는 매캐한 촛불 냄새와 음식 냄새가 뒤엉켜서 진동을 했고, 가득 모인 아주머니들도 눈물을 찍어내며 손을 모으고 머리를 조아렸습니다. 방에 들어온 사람들보다 더 많은 사람들이 마당에 펴진 덕석 주변에 둘레둘레 서서 "좋은 데로 잘 가소." 덕담을 내려놓으며 눈물을 훔쳤습니다.

밤이 이슥토록 굿판은 끝날 줄 모르고 계속되었고, 구경꾼들은 졸다가 깨어나다 하면서 당골의 구슬픈 소리에 자신들의 설움을 얹어 한숨 섞인 눈물을 훔쳤습니다.

어느 순간, 하얀 버선에 하얀 소복을 하고 머리에는 하얀 고깔로 갈아 쓴 당골이 마당으로 내려섰고, 사람들의 눈은 일제히 당골의 새 굿에 쏠렸습니다. 마당 한편에 세워진 긴 장대에 고리고리 묶여 매달린 흰 무명은 당골의 서러운 소리와 함께 풀어졌습니다.

한 고를 풀다가 남겨진 올케언니를 끌어안고 대성통곡을 하고, 또 한 고를 풀어내다가 어린 조카를 쓸어안고 통곡하기를 몇 번 하다가 오빠의 혼이 담긴 당골 할머니는 기어코 까무룩 기함을 하였습니다. 사랑하는 처자식을 버리고 가는 오빠의 소리가 당골 할머니를 빌어 서럽게 서럽게 터져 나왔습니다.

엄마 앞에서 섧게 울면서 먼저 가는 불효를 용서하라는 말에 "다 잊어뿔고 좋은 데로 잘 가소." 하는 웃집 큰어머니의 소리가 얹어졌고, 어린 자식들 앞에서 차마 말을 못하고 꺽꺽 목울음 하는 대목에서는 아주머니들의 훌쩍이는 소리가 더 높았습니다. 살아생전 온갖 한 서린 얘기를 더 이상 표현할 수 없을 만큼의 서럽

디서러운 소리로 쏟아내고서야 하얀 광목의 고는 다 풀렸고, 고리를 잡아 풀 때마다 엄마는 목울대가 아프도록 눈물을 삼키면서 두 손을 모아 간절히 빌었습니다. 추운 줄도 모르고 구경하던 동네 아주머니들은 손으로 코를 팽팽 풀어가며 눈물을 찍어냈습니다.

새벽이 다 지나고 푸른빛이 돌 때쯤이 되어서야 맺힌 한을 풀어내는 고풀이가 끝나고 마당 이쪽에서 저쪽 끝까지 훤하게 펼쳐진 광목 위에는 저승으로 가는 하얀 배가 놓였고 당골 할머니는 조금 쉰 듯한 목소리로 망자를 인도했습니다. 깨끗하게 씻긴 오빠의 넋은 하얀 종이배를 타고 하얀 광목길을 따라 저승으로 갔습니다.

하얀 종이배를 잡은 당골 할머니는 가다가 멈추고 가다가 멈추면서 남겨진 가족들에게 잘 살라고 울음 섞은 목소리로 피를 토하듯 말했고, 이제 가면 영영 이별이란 생각에 무릎 꿇고 앉았던 엄마는 하얀 광목을 잡고 일어서서 서럽게 울었고, 영문을 모르는 어린 조카들도 울음을 터뜨렸습니다. 구경하던 아주머니들의 두런두런 소리는 더 커졌고 콧물이며 눈물 닦던 손은 치맛자락 끝으로 바삐 오갔습니다.

우리 동네뿐 아니라 옆 동네, 다른 동네 사람들까지 한자리에 모인 한바탕의 축제였습니다. 서른다섯 젊은 나이에 떠난 오빠의 씻김굿이었으나, 이 동네 저 동네 사람들의 한이 함께 씻긴 공동

굿이었습니다. 망자를 위한 씻김굿이었으나, 어쩌면 산자들을 위한 굿이었는지 모르겠습니다. 떠난 자의 넋도 씻고, 떠나보내는 자의 넋까지도 씻겼을지 모르겠습니다.

한 번의 씻김굿으로 어찌 자식 잃은 엄마의 맘이 다 씻어졌을까요? 마지막 눈을 감을 때까지 엄마의 가슴에는 먼저 떠난 큰자식이 얹혀 있었고, 그 서걱대는 가슴으로 엄마는 평생을 아프셨습니다.
산고를 겪다 새끼를 잃은 어미 낙타가 1년이 지난 후에도 그 자리에 다시 가서 울음을 우는 것은 죽은 새끼의 넋을 씻는 씻김굿이 아닐까요? 젖 한 모금 먹이지 못하고 떠나보낸 어미의 한은 사막의 모래바람이 되어 오늘도 고비 하늘을 맴도는 것은 아닐까요?

외로이 서 있는 게르 한켠, 하늘 향해 걸쳐진 낙타줄에 찢어진 청바지 한 개가 구원된 넋으로 널어져 있습니다. ∞

사막의 어머니

◇◇◇◇◇◇◇◇◇◇◇◇◇◇◇◇◇◇◇◇◇◇

한 세상 건너오신 흔적 오롯이 새겨진 성스런 모습

어머니, 당신이 경전입니다.

◇◇

간밤 삭신 쑤신 것도 잊으시고

그만하시다니
다행입니다.

◇◇

인연 - 동종선근설(同種善根說)

여행의 기쁨 중 하나는
인연의 소중함을 깨닫게 된다는 것입니다.
사람들과의 인연은 물론이요,
떠나서 만난 그곳에서의 바람, 작은 풀들, 햇살까지도
그냥 스치라 지어진 인연은 없을 것입니다.
하필이면 그 시간에, 하필이면 그곳에
내가 갔기에 만날 수 있는 소중한 인연들입니다.

화엄경의 동종선근설(同種善根說)에 의하면
일천겁 동종선근자(一千劫 同種善根者)는 일국동출(一國同出)이며
이천겁 동종선근자(二千劫 同種善根者)는 일일동행(一日同行)이랍니다.

일천 겁의 같은 선근을 인연으로 해서 같은 나라에 태어나고
이천 겁의 같은 선근을 인연으로 해서 하루를 동행한답니다.

일 겁의 사전적 의미는 천지가 한 번 개벽하고
다음 개벽이 시작될 때까지의 시간이랍니다.
불교에서는 일겁을 버선발로 춤을 추어
바윗돌 하나가 다 닳아 없어지는 시간이랍니다.

사람 구경하기 힘든 고비사막에서의 인연은 더욱 소중합니다.
사막의 일출을 함께 보고 서걱대는 모래먼지를 함께 뒤집어쓰고
키 낮은 꽃들을 함께 만나고 쏟아지는 별무리를 함께 보듬고
바람에게 함께 말을 걸어가는 우리는
몇천 겁의 귀한 인연으로 지어진 것일까요?

더군다나,
딸과 엄마라는 이름으로한 생을 함께하는 내 아이와의 인연은
몇만 겁의 인연으로 맺어진 것일까요?
도대체 몇만 겁의 인연으로 지어진 것일까요? ∞

39

엄마와 딸

딸아이가 푸른 초원을 달립니다.
초원보다 더 푸른 아이의 달음질에 눈길이 멈춥니다.
푸른 물 뚝뚝 떨어지는 아이의 걸음에 눈이 부십니다.
"엄마!" 하고 아이가 큰 소리로 부릅니다.
내 이름은 엄마입니다.

딸로 살아온 지 50년이 넘고서야, 엄마가 돌아가신 한참 후에야 엄마의 시린 가슴이 조금씩 보였습니다. 자식을 위해 온갖 것들을 가슴으로 삭여낸 엄마가 아주 조금씩 보였습니다.

하지만, 난 지금도 알지 못합니다. 엄마가 목숨처럼 생각했으나 먼저 떠나보내야만 했던 큰아들에 대한 아픔과 그리움이 얼마나 깊었을지, 초등학교밖에 없었던 어촌이었기에 교육을 위해 대처로 보내야 했던 자식들의 부재에서 오는 허기는 얼마나 진했을지, 아픈 삭신을 끌어안고 잠 못 들었던 수많은 밤들이 얼마나 길고 무서웠을지 나는 지금도 다 알지 못합니다.

엄마로 살아온 지 스물다섯 해가 되었어도 난 아직 엄마의 자리가 어떤 것인지 잘 모르겠습니다. 어떻게 해야 하는지 잘 모르겠습니다. 그저 자주 보듬고, 만지고, 너를 믿는다는 말을 해줄 뿐입니다. 그러다가 문득 악악대고 소리질러대다가 다시 보듬어줄 뿐입니다.

딸이었고 엄마인 난 이미 떠나버린 엄마를 잘 알지 못했고, 내 속으로 낳은 딸들에게는 엄마라는 이름으로 어떻게 살아줘야 하는지 잘 모른 채로 살아가고 있습니다. 엄마가 여자였고, 나도 여자고, 딸들도 여자인데 알 듯 모를 듯 그저 가슴 저릿하게 아플 뿐입니다.

한없이 좋아서 한없이 아리고, 한없이 따뜻하다가도 순간 눈 흘기고, 그러다 금세 보듬으며 한없이 아파하는 관계가 엄마와 딸의 관계가 아닐까요? 싸우고 토라졌어도 마주보고 한 번 웃고 나면 가슴 저 밑바닥까지 다 녹아버리는 관계가 엄마와 딸이 아닐까요?

세상의 모든 엄마와 딸들은 차마 말 못 할 말들까지 나누고 싶지만, 딸이라서 엄마에게 차마 말 못 하고, 엄마라서 딸에게 차마 못 한 말 얼마나 많을까요?

희생하는 삶만이 전부인 엄마를 보면서 '엄마처럼 안 살 거야'라는 말을 수없이 다짐했건만 여지없이 엄마처럼 살아가고 있는 나를 수시로 발견합니다. 결국은 엄마의 모습으로 살아갑니다.

특히, 엄마에게서 싫어했던 것을 여지없이 닮아가고 있습니다.
엄마는 작고 낡은 자식들의 옷을 입곤 했습니다.

"엄마, 제발 이런 것 좀 입지 마. 뵈기 싫어."
"암씨렁토 안 허다. 내 새끼 보듬대끼 좋기만 허다."

자식 보듬듯이 자식들의 헌옷을 입는다는 것이 어떤 의미인지
엄마라는 이름으로 살아온 지 스물다섯 해가 지난 이제는 알겠
습니다. 엄마가 그랬던 것처럼 나도 딸아이들의 헌옷을 입으며
아이들을 생각합니다. 엄마에게 타박했던 것 후회합니다.

엄마는 된장국을 자주 끓여주셨습니다. 변변한 국거리가 없을
때 가장 만만한 것이 된장이기도 했겠지만 자식들 속 편하게 해
주고 싶어서 그런 날도 많았으리란 걸 이제야 짐작합니다.
마늘 다지고, 양파 숭숭 썰어 넣고, 시래기에 된장 바락바락 주물
러 훌렁하게 끓이는 엄마표 된장국을 지금은 내가 자주 끓입니
다. 아이들이 어디든 멀리 갈 때면 그 길에서 혹시라도 뱃속 불
편할까 봐 된장국을 끓입니다. 아이들의 시험 기간에도 어김없
이 된장국을 끓입니다. 혹시라도 속 불편해서 노력한 것 허사될
까 봐 시험을 봐야할 때면 꼭 된장국을 끓입니다. 내가 먹고 자
랐던 친정엄마표 된장국을 내 아이들이 다시 먹고 자라납니다.
된장국 한 그릇도 엄마를 닮았습니다.

하지만, 엄마를 닮지 못한 것이 너무 많습니다. 엄마는 우리에게 화를 잘 내지 않으셨습니다. 꾸중 대신 웃음으로 따뜻하게 안아 주셨습니다. 꾸중하지 않고 그저 웃음으로 보듬어주는 것이 얼마나 큰 가르침이고 그 방법이 얼마나 어렵고 훌륭한 것인 줄 모르고 그때는 싫었습니다. 혼을 내지 않으시니 뭐든 내가 조심해서 행동해야 하는 게 싫기만 했습니다.

어려서는 대처로 떼어놓아야 했던 자식들이 안쓰러워서 혼을 내지 못하셨을 것이고, 우리들 자라서 가정 이루고 살 때에는 커버린 자식들을 인정하고 조심하느라 그러셨으리라 이제는 짐작합니다.

엄마는 자식들을 단 한 번도 함부로 하지 않으셨고, 자식들에게 악담을 하지 않으셨습니다. '하지 마라', '안 된다'라는 말씀을 들은 적이 거의 없습니다. 엄마는 늘 다 들어줬고, 감동해줬고, 믿어줬고, 인정해줬습니다. 철저하게 자식들을 묵묵히 지켜봐주시는 엄마가 어느 땐 답답했습니다. 무지하게 생각되기도 했습니다. 촌스런 모습이 싫기도 했습니다.

그래서 "엄마처럼 안 살 거야, 엄마는 왜 그렇게 살아?" 하며 타박도 하고, 촌스런 모습에 짜증도 냈지만, 생각해보면 어느 유식하고 세련된 엄마보다 훌륭하신 엄마였습니다. 내가 결코 닮지 못한 모습입니다.

딸에게 엄마는 곧 자기 자신이라고들 합니다. 나 역시 그렇기에 엄마를 못 견딜 때도 많았습니다. 엄마 속에 치매라는 몹쓸 것이 들어오고 있는 줄도 모르고, 했던 말 또 하면 그것을 견디지 못했고, 변기통에 묻힌 오줌자국을 닦으면서 속으로 버럭 짜증을 냈고, 밥풀 흘리는 엄마를 보면서 "엄마, 조심 좀 하지." 하고 잔소리를 했습니다. 내게 단 한 번도 "너, 왜 그러냐?" 혼내지 않으셨던 엄마를 난 잠깐 동안도 견디지 못하고 속으로 또는 겉으로 지적질을 했습니다. 그럴 때면 엄마는 금방 풀이 죽어서 "긍께 말다, 나가 왜 자꾸 이러고 밥을 흘려쌌능가 모르겠다." 하시면 그 모습에 짜증도 났고, 눈물도 났습니다.

엄마와 딸은 한 몸이라서 목숨처럼 아끼면서 상처 또한 쉽게 준다지만, 적어도 엄마는 내게 단 한 번도 가슴 아픈 소리를 하지 않으셨는데 난 엄마를 서운하게 한 적 많았습니다. 엄마는 무한한 내 편이었는데 난 엄마 편이 얼마나 되어 드렸는지 모르겠습니다.

초원을 달리던 딸아이가 다시 큰 소리로 부릅니다.

"엄마!" ∞

40

그 오후의 작은 무지개

바이라 아저씨와 제크 아저씨는 틈나는 대로 차량 손질을 하십니다. 지붕도 살펴보고, 바퀴도 살펴보고, 엔진도 살펴봅니다. 푸르공의 바퀴는 마치 자전거 타이어처럼 바람을 넣습니다. 덜덜거리고 달리는 길에서 푸르공의 나사들은 수시로 풀어집니다. 운전을 하던 제크 아저씨의 손이 바빠집니다. 한 손으로는 운전대를 잡고, 또 한 손은 지붕 쪽에서 풀려가는 나사를 조입니다. 익숙한 손놀림입니다.

전자부품이라고는 단 한 개도 들어가지 않은 푸르공이야말로, '단순함'으로 지어진 푸르공이야말로 드넓은 사막에서 최고의 교통수단입니다. '자연과의 조화로움은 단순한 것으로의 향함'이라는 말에 동의합니다. 우리가 가야 할 방향이지 싶습니다.

끝없이 펼쳐진 사막길을 달리던 푸르공이 드디어 아르덴 달라이에 도착했습니다. 흔들리는 차 속에서 짐짝처럼 나뒹굴었던 몸이 빼근합니다. 먼지를 뒤집어쓴 서로의 모습에 딸아이와 마주보며 웃습니다. 굳었던 몸을 펴고 차 밖으로 발을 내리니 선경이 펼쳐집니다. 천지사방 하얀 꽃이 무더기 무더기로 피어났습니다. 시작도 끝도 알 수 없는 드넓은 꽃밭에 하얀 게르가 그림처럼 앉아 있습니다. 하얀 게르 뒤편 하늘엔 붉디붉은 노을이 끝없이 펼쳐집니다. 붉게 물든 구름이 파도처럼 일렁이고 그 사이로 강렬한 빛줄기가 꽃밭을 향해 쏟아져 내립니다. 천상의 세계로 빨려 들어갈 것만 같습니다. 아니, 이미 여기가 천상의 세계입니다. 누군가 "무지개다~~~!" 외쳤고, 누군가 "빛 내린다~~!" 외칩니다. 하늘에 작은 무지개가 떴습니다. 꿈결 같습니다. 며칠간 쉬지 않고 달려온 사막길이 저 작은 무지개를 만나기 위해서였던 것만 같습니다. 눈 몇 번 깜박이면 사라질 무지개를 향해 내리 달려온 모습이 어쩌면 우리들의 삶인지도 모르겠습니다.

발등을 덮는 수박색 긴치마에 분홍색 카디건을 걸친 아이가 목책에 기대어서 하염없이 노을을 바라보고 있습니다. 그림처럼 그렇게 멈춰 있습니다. 그런 아이를 보는 것만으로도 에미 가슴은 뜨끈합니다.

지금 내 아이의 가슴에 담겨지고 새겨지는 것들이 무엇일지 다 알 수는 없으나 기쁨이고, 행복이길 기도하는 마음으로 아이를 바라봅니다. 내가 친정엄마의 기도를 공기처럼 마시고 살아왔듯이 내 아이의 하루에 에미로서 작은 기도 하나 다시 얹습니다.

딸아,
맑은 날만 원하지 말자. 좋은 날만 원하지 말자.
비 내려야 무지개 뜬단다.
추워야 오로라도 볼 수 있단다.

∞

41

아르덴 달라이의 꽃밭에 누워

아르덴 달라이의 꽃밭에 누워 아이가 작은 소리로 노래를 불러
줍니다. 좋은 소리를 타고난 아이는 여행 중 가끔씩 노래를 불러
줍니다. 난 그 순간이 참 좋습니다. 바람 불던 서천 바닷가에서,
나락 누렇게 익어가던 만경 평야 언저리에서, 짠내 나는 벌교 선
착장에서, 해질녘 타지마할 한켠에서, 아, 고흐가 마지막을 거닐
었던 비 내리던 한적한 그 간이역에서 아이의 멋진 노래를 들을
수 있음은 큰 행복이었습니다.

함께 여행을 하지 않을 때에는 혼자 떠나는 엄마를 위해 아이는
음악 선물을 해주곤 합니다. 때마다 여행의 성격에 맞는 음악을
MP3에 담아 전해주곤 합니다. 여행지와 어울리는 적절한 음악
은 여행을 더욱 풍부하게 해줍니다. 흔들리는 기차에서, 노을 진
어느 언덕에서, 낯선 시골길에서 아이가 건네준 음악들은 여행
으로 지친 몸과 마음을 달래줍니다. 음악을 들으면서 문득 그립
고, 문득 가슴 싸하고, 울컥 눈물이 나기도 합니다.

아이가 전해준 기계 속의 음악도 좋지만, 한때 뮤지컬 배우를 꿈
꾸기도 했던 아이가 가만가만 또는 열정적으로 들려주는 노래는
더욱 좋습니다. 아이에게 난 종종 타박을 받으면서도 노래를 불
러달라고 조르곤 합니다.

생각해보니 친정엄마도 내게 그러셨습니다. '헤일 수 없이 수많
은 밤을…'로 시작하는 「동백 아가씨」를 흐드러지게 불러드릴
때 엄마는 가장 좋아하셨습니다.

"아이고 우리 새끼, 잘헌다."

칭찬에 기분 좋아 엄마 옆에 누워서 「섬마을 선생님」, 「열아홉 순정」 등을 목청껏 뽑노라면 밤이 이슥해지곤 했습니다. 나이 조금 더 들고부터는 노래 불러달라는 엄마의 채근이 싫어서 건성으로 대답만 하기 일쑤였습니다.

아이에게 노래를 불러달라고 채근하다가 타박을 들을 때면 친정 엄마께 했던 나를 봅니다. 내 아이는 나보다 싸가지가 있어서 타박은 재미로 하고 열심히 노래를 불러줍니다.

이름 모를 꽃이 가득 피어 있는 꽃밭에 누워 아이가 듣기 좋게 노래를 불러줍니다. 애절한 목소리가 가슴에 아릿하게 와 닿습니다. 아! 좋습니다. 게르에 비친 오렌지빛 석양 또한 기막히게 좋습니다.

"엄마, 아프지 마."
"늙어가는데 안 아플 수 있가니?"
"그래도 아프지 마. 엄마랑 이렇게 여행하면 얼마나 좋은데…."
"고마워, 딸!"
"친구들이랑 하는 여행도 좋지만 엄마랑 하는 여행이 난 참 좋아."
"나두…."
"엄마, 뜨거운 로마 한복판에서 대판 싸웠던 기억나?"
"나지, 그럼. 바락바락 싸웠잖아."

"엄마가 그때 그랬지? 돈 나눠서 따로 다니자고…."

아이가 까르르 웃으며 지난 여행을 얘기합니다.

"그랬지, 정말 그러고 싶었어."

나도 하하하 웃으며 맞장구칩니다.

"엄마가 진짜 그럴까 봐 돈주머니 있는 내가 자리를 뜨면 따라올 줄 알고 앞서서 한참을 가는데도 엄마가 안 와서 얼마나 놀랬는데…. 다시 되돌아가니까 엄마 그 자리에 그대로 서 있었어."
"정말 따로따로 다니고 싶었는데 주머니에 돈은 하나도 없고, 앞서 간 넌 이미 보이지 않고 난감했어."
"엄마, 그때 너무너무 화도 나고 웃기기도 했어! 그렇다고 돈 나눠서 따로 다니자 해?"
"나중에 이유를 알고 이해했지만 그땐 널 도저히 이해할 수 없었거든. 다시는 너와 여행을 하지 않겠노라 다짐도 했지, 하하하!"
"아이구, 울 엄마 귀여워, 정말…."

아이와 난 낄낄대고 웃으며 하늘을 바라봤습니다.

로마에서 처음으로 한국인 민박집을 들렀을 때 일입니다. 여차

저차 알음이 있는 집이어서 꼭 그곳에서 묵지 않더라도 한 번은 들러보고 싶은 집이었습니다. 몹시도 더운 로마의 날씨에 민박집은 넘치는 인원으로 바글댔습니다. 온통 젊은 한국 친구들로 가득 찬 민박집은 갖가지 불편이 이만저만이 아니었습니다.

이틀 밤을 지낸 아이가 다른 곳으로 옮기자 했고, 나 또한 당장 그러고 싶었지만 인연 때문에 그렇게 할 수가 없었습니다. 아이는 아무래도 다른 곳으로 옮기는 게 좋겠다는 얘기를 계속했습니다. 그때보다 어린 나이에 훨씬 열악하고 힘들었던 인도에서도 아이는 의연했는데 의외였습니다. 처음 사용해본 민박집이 몹시 불편하긴 했지만 그쯤은 잘 참아낼 수 있는 아이라 믿었는데 실망스러워 속이 상했습니다. 이런 환경을 이겨내지 못한다면 어떤 어려움도 이겨낼 수 없겠다 싶어서, 내가 그동안 교육을 잘못시켰나 걱정하면서 일부러라도 그곳에 계속 있기로 맘먹었습니다. 며칠을 그렇게 지내자니 나도 죽을 맛이긴 했습니다.

일주일 되는 날, 결국 아이와 대판 싸웠습니다. 다른 아이들은 모두 그 상황을 즐기면서 지내는데 편함만을 추구하는 듯한 아이의 태도를 질책했습니다. 그리고 급기야 따로 여행을 하자는 제안을 했습니다. 아이가 울면서 말했습니다. 나도 혼자 왔으면, 친구들이랑 왔으면 얼마든지 즐기면서 이곳에 있을 수 있다고, 더 불편한 곳도 재밌게 지낼 수 있다고, 그렇지만 엄마랑 함께인 지금은 아니라고, 엄마 또래 아무도 없는 곳에서 엄마가 불편하게 지내는 것을 보는 것만도 그런데 엄마한테 인사도 안 하고 무례하게 행동하는 젊은 한국 아이들의 모습이 너무 싫었다고….
알고 보니 아이는 엄마를 위해서 나가자 했던 것이고, 난 아이의
교육 차원으로 있자 했던 것이었습니다.

"니가 이유를 미리 말했으면 안 싸웠을 텐데…."
"우리 그때 긴축했어야 했잖아, 엄마. 그래서… 엄마를 이유로
말하긴 그랬어."
"그때가 여행 막바지여서 우리가 지칠 대로 지쳐 있던 때이기도
했지?"
"맞아. 근데 엄마, 그때는 날마다 샤워도 했고 맛있는 음식도 얼
마나 많았어? 여기 고비는 씻지도 못하고, 먹을 음식도 변변찮고
그런데도 여기가 훨씬 좋아."
"그치?"

고비가 훨씬 더 좋은 이유를 군이 말할 필요는 없습니다. 바람이
건듯 스칩니다. 아이가 머리칼을 쓸어 넘깁니다. 그리고 내 손을
가만히 잡습니다. 석양빛에 비친 아이의 얼굴이 곱습니다.

그 밤, 사막에 들어선 후 처음으로 샤워를 했습니다. ∞

천천히

◇◇◇◇◇◇◇◇◇

천천히 익어가면 좋겠습니다.

치즈도

술도

아이도

나도

◇◇

연지 곤지

처음부터 그러리라 생각 못 했을 겁니다. 길 위에서의 로맨스를 한 번쯤은 꿈꾸었겠지만 그날이 오늘일 거라는 생각은 아마도 못 했을 겁니다. 고비 여행 내내 그녀는 바이라 아저씨로 가슴 설레어 했습니다. 그런 마음을 가진 그녀의 여행길은 축복받은 날들이었음에 틀림없습니다. 그 순간 그녀는 행복한 여자임에 틀림없습니다. 그녀를 바라보는 우리도 덩달아 행복했습니다.

아이도 그녀처럼 참사랑에 빠질 날을 에미는 고대합니다. 사랑은 난데없이 오는 거잖아요. 아이에게도 그렇게 난데없이 벼락처럼 사랑이 찾아오기를 에미는 날마다 고대합니다.

태어난 지 얼마 안 된 쌍둥이 아이들이 인형처럼 예쁜 집엘 들렀습니다. 산기가 아직 다 가시지 않은 듯한 새댁의 얼굴은 유난히 희었고 볼은 예쁜 복숭아 빛깔이었습니다. 시부모가 살고 있는 게르 앞쪽에 마련된 젊은 부부의 게르에서 맑은 웃음이 새어 나왔습니다. 얼마만의 인연이어야 부부가 될 수 있는 것인지 알 수는 없습니다.

"엄마, 얼마나 좋아야 결혼하고 싶어질까? 얼마나 사랑해야 결혼을 할까? 엄마는 아빠를 얼마나 사랑했어?"

딸아! 엄마는 사랑이라는 단어를 생각하면 잘 쓸어진 마당에 떨어지는 오전 11시의 햇살이 떠올라. 같은 지역에 살지 않았고, 같은 학교를 다니지 않았던 엄마와 아빠는 날마다 편지를 썼어. 어느 땐 이틀에 세 통도 썼고, 어느 땐 하루에 두 통도 썼어.
오전 10시 반에서 11시가 되면 엄마는 2층에서 아래층 마당을 설렘으로 내려다보곤 했어. 매일 그 시간이 되면 깨끗이 쓸어진 마당에 햇살은 가득했고 어김없이 하얀 봉투는 마당에 떨어져 있었어. 햇살 아래 빛나던 하얀 봉투를 만나던 그 시간은 엄마 인생에서 참 아름다웠던 순간이었단다. 설렘으로 가득했던 순간이었단다. 7년이 지나도록 그랬어.

어느 해 겨울 우체부 아저씨가 날 찾았어. 다른 날은 대문 틈으로 편지를 넣고 갔는데 그날은 굳이 벨을 눌러서 엄마를 찾았어.

"강영란 씨가 누구세요?"

몇 년째 거의 단 하루도 거르지 않고 같은 사람에게서 같은 시각에 편지를 받는 사람이 도대체 누구인지 궁금했대. 엄마와 아빠는 그렇게 많이많이 사랑했어. 7년 동안 단 한 번도 헤어지잔 말은 하지 않고 말이야.
그 해 크리스마스가 다가오는 어느 날, 난 다시 오전 11시를 기다렸어. 내 품엔 날마다 편지를 전해주신 우체부 아저씨께 건네드릴 예쁘게 포장된 가죽 장갑 한 켤레가 들어 있었어.

그렇게 인연되어 부부란 이름으로 살아온 날이 스물일곱 해가 되었고, 이제 아빠는 마루에 떨어진 엄마의 흰머리칼을 발견하곤 늙어가는 엄마를 안쓰러워하는 50대 중반의 아저씨가 되었어. 그사이 보따리 싸서 나가고 싶은 날도 많았고, 보따리 싸서 내쫓고 싶은 날도 많았지만, 늙어가는 엄마를 안쓰럽게 바라봐주는 지금의 아빠가 참 고맙더라.

딸아, 사랑은 말이야…
내일로 미루는 게 아니란다.
오늘 해가 지기 전에 해야 하는 게 바로 사랑이란다.

난 늘 너희들의 작고 아름다운 결혼식을 꿈꾼단다.

너희들을 제대로 아는 분들로, 너희들의 결혼식을 진심으로 축하해줄 사오십 명쯤만 하객으로 초대해서 작고 예쁘게 치르는 결혼식을 꿈꾼단다. 꽃이 가득 핀 우리 집 마당에 하얀 레이스가 하늘거리는 예쁜 초례청을 만들고, 엄마가 키운 꽃으로 화관을 만들어 머리에 씌워주고, 마당에서 피어난 꽃으로 꽃다발을 만들어 새신랑의 팔짱을 낀 너희들의 손에 들려주고 싶단다.

어여쁜 너희들의 모습을 보고 엄마랑 아빠는 아마 기쁨의 눈물을 흘릴 것 같아. 딸아, 상상만 해도 기분 좋구나.

내 기억 속에는 동화처럼 자리 잡고 있는 결혼식 풍경들이 들어 있단다. 새색시 머리 위에서 잘게 떨리던 족두리가 하도 고와서, 새색시 볼에 찍힌 연지 곤지가 하도 고와서 학교 가는 것도 잊어버린 채 넋을 놓았던 그 시절엔 새각시 머리 위에 얹은 고운 족두리가, 새각시 볼에 찍힌 연지 곤지가 몽골에서 전해온 풍습이었다는 것은 몰랐단다. 그 고운 색색 뒤에 얼마나 긴 인고의 세월이 기다리고 있는지는 더욱 몰랐단다.

다만, 나도 얼른 커서 연지 곤지 찍고 예쁜 족두리를 써보고 싶다는 생각만 했단다. 몽골에서 보니 여인들의 볼은 연지 곤지를 찍지 않았음에도 발그레하구나. ∞

44

그림자 한 자락
◇◇◇◇◇◇◇◇◇◇◇◇◇◇◇◇◇◇◇

딱 그만큼의 그림자 한 자락 있습니다.
수태차 담은 보온병 한 개
마유주 담은 주전자 한 개
대접 서너 개 놓고
네 식구 한자리에 앉을 만한
딱 그만큼의 그림자 한 자락 있습니다.
그걸로 충분하다 하십니다.
그걸로도⋯. ◇◇

#45

혹여 고비에 가시려거든

처음 고비사막의 세면대를 볼 땐 피식 웃음이 나왔습니다. 이 작은 물통에 얼마나 되는 양의 물이 들어갈 것이며, 그 적은 물로 무엇을 할 수 있을지 의문스러웠습니다. 고비를 몰라도 한참이나 모르는 생각이었습니다. 방울방울 떨어지는 물로 얼굴을 닦고 목을 닦아 사막의 먼지를 충분히 씻어낼 수 있는 것이었습니다. 알고 보니 그 작은 통의 물로 몇 사람의 세안이 가능한 것이었습니다. 귀한 것을 귀하게 쓸 수 있게 고안된 그들만의 기구였습니다. 물이 귀한 곳을 여행할 때면 늘 다짐을 하곤 합니다.

'집에 돌아가면 다른 건 몰라도 물은 꼭 아껴 써야지…!'

하지만 그 다짐이 그리 길게 가지는 않았습니다. 금세 잊어버리고 원래의 습관으로 돌아가곤 했습니다.
고비에서도 같은 다짐을 했습니다.

'다른 건 몰라도 물은 꼭 아껴 써야지…!'

물이 귀한 고비에서는 귀한 물로 머리 감을 엄두를 내기 힘들었습니다. '며칠간이나 안 감고 지낼 수 있는지 한번 버텨보자' 하는 객기 같은 맘도 있었습니다. 그렇게 버티기 며칠, 잠을 자려는데 도저히 견딜 수가 없었습니다. 땀과 먼지가 뒤섞여 철사처럼 뻣뻣해진 머리를 견딜 수가 없었습니다. 찝찝한 생각이 한번 드니 도무지 잠을 이룰 수가 없었습니다. 하루 종일 내달려 피곤한 일행들의 숨소리가 고르게 들리는 한밤중에 결국 아이를 깨웠습니다.

"해송아, 자니?"
"응, 엄마. 왜? 화장실 가려구?"
"아니, 머리가 너무 찝찝해서 못 견디겠어."

우리는 어둠 속에서 더듬더듬 물병을 찾았습니다. 아껴뒀던 물병을 들고 조용히 게르 밖으로 나왔습니다. 아이는 물병의 뚜껑을 열고 내 손에 조금씩 물을 부어주었습니다.

"좀만 더 부어봐, 킥킥킥…."
"엄마 아껴 써, 큭큭큭…."
"알았어 알았어, ㅎㅎㅎ…."

곤히 잠든 일행들이 깰까 봐 크게 웃지도 못하면서 한밤중 머리를 감았습니다. 결국 1.8리터 한 병을 다 쓰고야 말았습니다. 그제서야 '으~ 시원해' 하는 말이 흘러 나왔습니다. 게르 옆 오도카니 서 있는 수도를 못 본 척했습니다. 하얗게 내려다보는 달빛도 모르는 척 외면하고 다시 잠자리에 들었습니다.

어느 분의 여행 글을 읽다가 심하게 고개를 끄덕인 적 있습니다.

'나는 여행하면서 이런 것들을 챙겨가지고 다니는 사람이 여전히 신기하다. 트렁크 가득한 책, 평소 즐겨 먹는 원두커피, 두툼한 일기장, 잠옷, 애인.'

백만 번 공감합니다.
그러나 혹여 사막을 가시려거든 애인은 두고 가시더라도, 두툼한 일기장은 두고 가시더라도 물휴지는 데리고 가시라 말하고 싶습니다. 세수에서 샤워까지 물휴지 두세 장이면 끝이 납니다.
식사 후 설거지도 물휴지 두 장이면 끝이 납니다.
사막에서 보기 드문 귀한 과일을 만났다구요? 먼지 묻은 치맛자락에 슥슥 닦아 드시면 그만이지만 혹시 좀 더 폼나게 드시고 싶으시다면 물휴지 한 장이면 충분합니다. 비데가 그립다구요? 물휴지 한 장이면 그만입니다.
혹여 사막을 가시려거든 애인은 두고 가시더라도 두툼한 일기장은 두고 가시더라도 물휴지는 데리고 가시라 말하고 싶습니다.

그런데 말이지요,
빗장 걸린 마음의 문은
굳이 미리부터 열고 가지 않아도 된다 말하고 싶습니다.

고비, 거기에 가면

마음의 문은

제 스스로 스르륵 열리거든요. ◇◇

46

엄마의 세월 닮은 그릇
×××××××××××××××××××××××××××××××

아이들은 가끔씩 다짐을 받곤 합니다.

"엄마가 쓰던 그릇들, 나중에 우리 줘야 해."

엄마가 쓰던 그릇에 밥 담고 국 담고 엄마의 정까지 담아 엄마인 듯 함께하겠노라고 엄마가 쓰던 그릇을 자기들에게 물려달라고 다짐을 받곤 합니다.

그 말이 고마워서, 그 맘이 고마워서 쓰던 그릇에 더 정이 갑니다. 이 나간 접시까지 새록새록 정이 갑니다. 내 새끼들이 나중에 엄마 보듯 쓸 그릇들이라 생각하면 그냥 소중합니다.

빨간 호마이카 농짝이 있는 친정 집 아랫방에는 쓰지 않고 아끼는 그릇들이 조르라니 앉아 있었습니다. 보리타작할 때나 모심을 때 쓰는, 큰오빠의 이름 끝 자인 '택' 자가 새겨진 스텐 그릇들이 첩첩이 쌓여 있고, 유행 지났다고 천대 받은 파랑 띠 둘러진 초록색 접시가 빛을 잃고 쌓여 있고, '복' 자가 새겨진 하얀 사발들이 세월을 머금고 앉아 있었습니다. 꽃무늬가 곱게 그려졌으며 금테가 둘러진 하얀 접시는 박스에 담긴 채 아랫방의 가장 안쪽 좋은 자리를 잡고 들어앉아 있었습니다.

볼거리 놀거리가 별로 없는 작은 동네에서 아랫방의 그릇들은 내게 별세계였습니다. 봉창 문으로 들어오는 햇살에 눈부시게 빛나던 그릇들이 예뻐서 금방 만든 꼬막무침을 거기에 담아주면 좋겠다고 생각했으나, 아랫방에 들어있던 그릇에 반찬을 담아주는 날은 별로 없었고, 특히 박스 속에 들어 있는 예쁜 그릇들은 절대로 만져서도 안 되었습니다. 큰언니 시집갈 때 가져갈 그릇이었습니다.

"뭐더러 그릇을 사 논가 몰라. 유행 다 지나불고 시집갈 때 되믄 더 좋은 그릇들이 나올 것인디."

큰언니는 투덜댔으나 엄마는 아랑곳하지 않고 아주 가끔씩 아랫방에 새 그릇들을 들였습니다. 경제권이 없어서 할머니 몰래 쌀이나 보리를 주고 사들였을 것임에 틀림없는 그릇들은 딸을 키

우는 엄마의 지극하고 간절한 맘이었을 것입니다. 예쁜 그릇에 예쁘게 밥을 담아 예쁘게 살아가기를 바라는 순정한 기원이었을 것입니다.

나 역시 그렇습니다. 돈만 쥐고 나가면 단 몇 시간에 필요한 그릇들을 순식간에 구입할 수 있는 세상에 살면서도, 아니, 컴퓨터 앞에 앉아 손가락 끝으로 클릭 몇 번 하면 원하는 물건이 집까지 달려오는 세상에 살면서도 훗날 아이들에게 전해줄 그릇들을 하나씩 챙기는 나를 보면서 내 안의 에미로서의 모습을 확인하곤 합니다.

노란 법랑 찬합을 만지면서 아이들의 꽃 같은 봄나들이를 기원하고, 빨강 보온병을 만지작대면서 뜨끈한 가슴자리를 기원합니다. 아주 가끔씩 사용하는 은 식기를 닦아 넣으면서 아이들의 촛불 밝혀 환한 저녁을 기원합니다. 장인의 손길 그대로 보이는 유기를 닦으면서 아이들의 앞날이 훤하게 닦이길 기원합니다. 질박한 옹기 투가리에 밥을 비벼 머리 맞대고 비빔밥을 먹으면서 내 아이들이 제 아이들과 이 그릇으로 이렇게 정 담긴 밥을 나누길 진심으로 기원합니다.

생명을 유지시켜 주는 '밥'은 인간관계를 형성시켜 주는 소중한 매개체이기도 합니다. 그 '밥'을 담는 그릇이 어찌 귀하지 않을까요? 엄마의 정성이 가득 담긴 밥그릇으로 더불어 살다가 훗날 그 그릇에 딸아이들의 정성이 다시 담길 것을 생각하면 이 빠진 접시 하나라도 귀하고 소중합니다.

고맙게도 아이들이 새것보다는 엄마가 쓰던 그릇에 밥 담고 찬 담이 오붓하게 밥자리 필칠 것을 꿈꾸기에 그릇 한 가지씩 챙겨 놓으면서도 기쁨입니다. 엄마의 세월을 담은, 엄마의 세월을 닮은 엄마의 살림살이를 주고받을 수 있다는 것은 또 하나의 행복입니다. 하지만 이 또한 욕심인 줄 압니다.

애초에는 국방색이었을 법한 게르가 바람과 햇빛으로 인해 진한 회색쯤으로 변한 모습입니다. 게르 색깔의 변화만큼 세월을 입은 소박한 살림살이들이 햇볕을 받고 서 있습니다.
어머니의 세월을 닮았습니다. 당신을 낮추고, 당신을 깎고, 당신을 버리며 한 세월 살아오신 어머니를 닮았습니다. 어머니의 세월 닮은, 낡아서 더 좋은, 소박하디 소박한 게르의 살림살이를 보며 아이가 말을 건넵니다.

"엄마, 게르 안의 살림살이를 보면 덜 갖고 살아도 행복할 수 있겠다는 생각이 들어."
"그러게… 그런데 욕심을 버리기가 어디 쉬워야 말이지. 욕심을 버린다는 건 정말 어려운 건가 봐. 옛날에 영조가 말이야, 영의정과 중전에게 속마음을 터놓고 얘기하자 했단다. 정자 옆의 오래된 소나무에 맹세를 하고 세 사람은 평소 말하지 못했던 속내를 털어놓기로 했대. 먼저 영조가 말했단다. '자기를 만나러 오는 사람들이 빈손으로 오지 않고 뭔가 들고 오는 게 좋다'고. 영의정은 '전하가 앉아 있는 용상에 앉아보고 싶은 맘이 가끔 든다'고 했고, 중전은 더 용기 있는 말을 했더라구. '전하 앞에 엎드려 있는 젊은 대신들을 볼 때면 그들의 품에 안겨보고 싶다' 했대. 세상의 것을 다 가진 이들도 이렇게 또 다른 무엇을 갖고 싶다는 것은 인간의 욕망이 얼마나 끝없다는 거겠니? 그런 욕망을 비워간다는 것은 참으로 어려운 것 같아. 욕망을 비우기까진 못하더라도 덜 욕심내는 맘을 가지려는 노력은 끊임없이 해야 하지 않을까 싶어."

문명과 발전의 회오리 속에서 머릿속의 숫자들로 덜 행복했던, 틀에 갇혀 답답했던 도시의 날들을 내려놓고 저벅저벅 들어간 고비는 조금 느리게, 조금 불편하게 살아도 많이 행복할 수 있다고 바람으로 전해주었습니다. ∞

[#]47

무너진 사원, 웅깃
◇◇◇◇◇◇◇◇◇◇◇◇◇◇◇◇◇◇◇

누군가는 그렇게 말합니다,
웅깃 사원은 몽골의 마추픽추라고.
누군가는 또 그렇게 말합니다,
웅깃 사원은 몽골의 앙코르와트라고.

초원을 달려 웅깃 사원에 도착했습니다. 나무기둥 위에 지붕 하나 덩그러니 얹힌 일주문을 지나 들어선 사원은 무너져내린 채 소리 없이 누워 있었습니다. 1800년의 세월을 건너온, 한때 천여 명의 승려가 생활했을 만큼 대규모였던 사원은 긴 세월 속에서 폐허로 누워 있었습니다.

무너져가고 있는 불탑 한 개 하늘 향해 조용히 서 있었습니다. 복원한 사원 한 채 덩그러니 앉아 있었습니다. 흙으로 빚어진 존재 다시 흙으로 돌아가고 있었습니다. 무너져 내리는 대로, 스러져가는 대로 그렇게 조용히 흙으로 돌아가는 모습이 참으로 편안해 보였습니다. 러시아의 침공과 공산주의 세력에 의해 파괴되고 무너졌다는 역사적 사실은 뒤로하고 본래의 모습으로 돌아가고 있는 모습이 편안해 보였습니다.

밀교 스타일의 티벳 불교가 들어와 몽골의 샤머니즘과 융합되어 국교가 되었다지만 광활한 몽골의 땅엔 어워가 부처보다 가까운 듯하다는 생각이 많이 들었고, 꼭 그래서라 말하기는 어려우나 웅깃 사원의 흙으로 돌아가는 모습은 그냥 편안해 보였습니다. 울긋불긋 요란하게 무엇으로 되채워지지 않고 그렇게 조용히 되돌아가는 모습은 잠시 머무르는 여행객의 마음까지 편안하게 해줬습니다. 가득가득 채워져가는 우리네 절집에 답답하던 마음이 웅깃 사원의 비어가는 모습으로 위로받는 듯했습니다.

햇살 뜨거운 절터에서 돌아나오는데 스위스에서 왔다는 여행객들이 아이와 날 불러 세웠습니다. 우물에서 길어 올린 물 한 모금 하고 가라 불렀습니다. 폐허로 누운 절터의 샘물은 아직 살아 있었고, 두레박에는 어워의 펄럭이던 깃발의 색과 같은 푸른 끈이 매달려 있었습니다. 푸른 끈 매달린 두레박이 또 다른 모습의 어워로 보였고 그 두레박에 담긴 물이 성수로 느껴졌습니다.

두레박의 물을 앞에 두고 몽골의 예를 갖췄습니다. 이마에 세 번 물을 묻히고 감사하는 마음으로 물을 마셨습니다. 스러진 웅깃 사원의 부처님과 몽골인들의 토속신이 구원까지는 아니더라도 우리의 여행길을 편안하게 인도해줄 것만 같은 마음이었습니다. 흙으로 빚어졌다 흙으로 돌아가는 모습, 닮아가고 싶은 아주 조용한 시간이었습니다.

웅깃 사원을 나오다 바라다본 하늘 역시 파랬습니다. 파란 하늘 아래에서 손잡고 걷던 아이에게 물었습니다.

"해송아, 요새도 파란색이 좋아?"
"그럼, 엄마. 근데 지금은 파란색만 좋은 것이 아니라 모든 색이 다 좋아. 저마다의 느낌으로 다 좋아."

아이가 자랐습니다. 저마다의 색이 다 좋다 합니다. 그렇지요, 저마다의 것은 저마다의 소중함으로 아름답지요.

그런데 나는 요새 파란색 계열이 좋습니다. 파랑, 보라, 청보라…. 아이가 좋아했던 색깔을 내가 좋아하게 된 날들입니다. 아이의 색이라 생각하고 바라보던 파랑이 내 안으로 들어왔습니다. 아이는 나를 닮아가고 난 아이를 닮아갑니다. 관심은 사랑이라더니 그 말 맞습니다. 그저 관심 갖고 바라봤더니 좋아졌습니다.

사원을 나오는 길 위에 쩌렁한 햇살이 쏟아집니다. 들큰한 바람이 후욱 스칩니다. 길 끝에서 제크 아저씨가 장난기 가득한 얼굴로 기다리고 있습니다. ◇◇

48

마음이 시키는 대로

차창 밖에 펼쳐진 사막은 한동안 같은 모습입니다. 살아남기 위해 처절하게 몸부림하는 키 작은 초록들이 드문드문 스칩니다. 잠깐 열었던 창문으로 모래먼지가 날아들어 옵니다. 입안이 깔깔합니다. 아이가 꽂아준 이어폰을 귀에 꽂고 눈을 감습니다.

푸르공의 덜컹거림은 놀이공원에서 바이킹을 타는 것 같습니다. 어느 땐 차가 뒤집어질 듯이 흔들립니다. 그럴 때면 장난기 많은 제크 아저씨가 "수구리~~!"하고 외칩니다. 차가 심하게 요동을 칠 테니 머리를 숙이라는 일종의 안내 방송인데 경상도 총각에게서 사투리를 배워서 큰 목소리로 '수구리'라 외칩니다. 그럴 때마다 차 속에서는 비명소리와 웃음소리가 한꺼번에 터져 나옵니다.

저 멀리 아스라이 사막의 마을이 눈에 들어옵니다. 달리면 금방일 듯한데 그 마을도 여전히 가깝지는 않습니다. 두세 시간 달려야 게르 한 채 만나고, 두세 시간 더 달려야 마을 한 개 만나는 고비입니다. 기름도 넣고 먹거리를 장만하기 위해 도착한 마을 역시 황량합니다. 뜨거운 뙤약볕 아래에서 전통 복장을 한 아저씨가 오토바이를 타고 지나갑니다. 사라져가는 오토바이를 따라가는 에미의 눈을 본 아이가 몽골 복장에 대해 짧게 설명해줍니다.

땅이 넓은 몽골은 지역에 따라 전통 복장도 약간씩 다르다고, 바이칼에 가까운 추운 지역은 소매통이 좁고, 중국 쪽에 가까운 지역은 그보다 넓으며, 넓은 허리띠의 유래는 바람이 많은 곳이기 때문에 단단히 옷깃을 여미기 위함뿐 아니라, 말을 많이 타고 이동하는 민족이기에 그들의 소지품을 매달기 위함이라고.

"엄마, 디자인이 너무 좋아 이 길을 선택했고 지금이 너무 좋은데, 디자인뿐 아니라 다른 것들을 해보고 싶은 맘도 있어."

몽골 전통의상에 대해 말을 하던 아이가 맘속 이야기를 꺼냅니다.

"마음이 시키는 대로 사는 거야. 스티븐 잡스가 그랬대, 다른 사람의 삶을 살지 말라고…."

딸아, 무엇이 되는 것도 중요하지만 어떻게 살아가느냐가 더 중요하지 싶어. 너의 '무엇'을, 너의 '어떻게'를 위해 더 많은 것을, 더 많이 다르게 보고, 더 많이 생각하고, 더 많이 다르게 생각해 보기를….
네가 원하는 답이 무엇일지, 그 답을 마침내 찾아낼지 알 수 없으나 뜨겁고 자신 있게 살아간다면 그 답을 설령 찾아내지 못한다 할지라도 멋진 삶 아닐까? 네가 무엇을 하건 엄마는 널 믿어.
우리가 살아가는 데는 해야 할 일과 하고 싶은 일들이 있는데 우리들 대부분이 하고 싶은 일보다는 해야 할 일에만 매몰되어 살아가는 것 같아. 해야 할 일만 할 것인지, 하고 싶은 일을 할 것인지 선택은 네 몫!

두려울 게 뭐 있니?
넌 젊고, 네 곁에 엄마가 있는데!
넌 분명 멋지고야 말 거야!

아이는 패션 디자인 공부를 하는 중입니다. 누구나 그렇듯 어렸을 적에는 날마다 꿈이 바뀌었습니다. 어느 날은 화가가 되고 싶다, 어느 날엔 선생님이 되고 싶다, 어느 날엔 엘리베이터 안내양 언니가 되고 싶다, 어느 날엔 로봇 장난감을 만드는 기술자가 되고 싶다 등 셀 수 없이 여러 가지 꿈을 갖더니 철이 든 어느 날부터는 뮤지컬 배우가 되고 싶다 했습니다. 제법 재능도 있어 보이고 끼와 근성이 있어서 해내겠다는 믿음도 생겼는데, 최종적으로 아이가 선택한 것은 패션디자인 쪽입니다.
즐거운 마음으로 열심히 배워가는 멋진 모습에 박수를 보냅니다. 작업에 빠질 때면 밤을 낮 삼아 죽기 살기로 매달리는 모습에 격려의 박수를 보냅니다. 적어도 마음이 시키는 일을 하고 있다는 것에 축하의 박수를 보냅니다. 다른 사람의 삶을 살지는 않을 것 같아 안도의 박수를 보냅니다. 더욱이 우리의 전통이나 역사에 깊은 애정을 갖는 자세에는 믿음의 박수를 보냅니다.

아이가 패션에 관심을 갖게 된 것은 중학교 2학년 겨울이었습니다. 겨울방학을 맞이하여 아이와 난 배낭을 짊어지고 인도를 향했습니다. 비행기에 오르자마자 아이는 인도의 색에 빠졌습니다. 나이 지긋한 승무원의 복장에 감탄했습니다. 사십대 후반쯤으로 보이는 여자 승무원은 우리가 흔히 말하는 '날씬'과는 거리가 멀었습니다. 매우 후덕하게 살이 있었습니다. 그런데 후덕하고 까뭇한 그녀의 피부와 그녀가 걸친 하늘색 전통의상이 환상적으로 어울렸습니다. 더군다나 걸음을 옮길 때마다 전통의상 사이로 슬쩍슬쩍 보이는 그녀의 두둑한 뱃살 부분은 우리 모녀가 두고두고 말하는 최고의 아름다움이었습니다.

그녀의 피부색과 의상의 색과 언뜻언뜻 보이는 속살에 매료된 아이는 인도 여행 내내 그들의 색과 선의 아름다움에 흠씬 빠졌습니다. 특히, 다양하고 화려한 색으로 태어나는 전통의상 '사리'에 깊은 관심을 보였습니다.

한 달간의 인도 여행을 마치고 돌아온 아이는 저물어가는 강가에서 노을과 함께 어우러지던 사리를 잊지 못했고, 사원에서 성스럽게 손 모으던 아름다운 사리를 들먹였고, 아이를 안고 먼 데를 바라보던 젊은 엄마의 주황빛 사리를 추억하고, 한 푼을 구걸하던 불가촉천민의 때 묻은 사리를 떠올리곤 했습니다.

아이의 가슴에 디자인이라는 꿈이 작게나마 자리하기 시작했습니다. 결국, 아이는 패션디자인을 전공으로 정했고 최선을 다해 공부하고 있습니다. 그 길이 얼마나 어려운 길일지 나는 잘 모릅니다. 지금 맘먹은 대로 끝까지 걸어갈지도 물론 모릅니다.

허나, 무엇이건 최선을 다하는 성격이기에 그냥 믿습니다. 지금 정한 대로 디자인을 하건, 그 길을 걷다가 아니라는 생각이 들어 진로를 바꾸건 난 아이를 믿습니다. 친정엄마가 날 믿어주셨듯이 나도 아이를 믿습니다.

100년도 되지 않는 우리네 삶인데 어거지 삶은 살지 말아야 한다는 생각입니다. 다만, 아무리 세상이 변했어도 아직 여성이란 이름은 세상 속에서 편견으로 존재하기 때문에 그 편견에 상처입을까 봐 걱정되긴 하지만 난 아이를 믿습니다. 잘못된 편견으로 찔리고 피 흐르면 스윽 닦아내고 상처 난 그 자리에 빨간 약 바른 후 다시 일어설 것을 엄마는 믿습니다.

하필이면 내 딸로 와서 더 많이 받지 못하고, 더 많이 누리지 못했을 딸아이에게 엄마가 해줄 것은 믿어주고 기다려주는 것입니다. 어렸을 적 곱게 화장하고 화사하게 차려입은 친구들의 엄마를 볼 때면 논밭으로 바다로 헤매는 촌스런 엄마가 부끄럽고 창피한 날 내게 있었듯이, 아이에게 내가 엄마로서 부끄럽고 창피한 부분 많을지 모르지만 나는 엄마로서 내 딸들을 그저 믿습니다.

수천 년의 세월을 머금은 유적도 없고, 빼어난 풍광 또한 만날 수 없는 고비사막에서, 무엇이건 먼지로 바람으로 사라져가는 고비사막에서 '마음이 시키는 대로 살아가라'고 말하고 싶습니다.

그렇지만 뜨거운 여름과 살갗을 찢을 듯한 겨울을 버티고 피어나는 고비사막 풀꽃의 마음을 배우는 것도 잊지 않길 바란다고 말하고 싶습니다.

아이 나이 스물둘, 꽃 같은 나이입니다. 청춘의 시절입니다. 청춘이 얼마나 소중하고 멋진 것인지 아이가 알면 좋겠습니다. 얼마나 아름다운 것인지 진정으로 알면 좋겠습니다. 실패마저 특권이고, 행복이 의무인 시절인 줄 알면 좋겠습니다.

어느 분이 그러더군요, 특급열차 타고 가듯 쌩쌩 달리고 싶더라도 가끔은 완행열차 타고 가듯 쉬엄쉬엄 느리게도 가고, 작은 마을 간이역에 내려서 해찰도 해 보라고. 그리고 그 작은 마을 외면하지 않고 들르는 완행열차의 그 마음도 닮아보라고.
달려만 가면, 그것도 직선으로 속도 내서 달려만 가면 가고자 한 곳에 먼저 도달할 수는 있겠지만, 그래야 할 때는 꼭 그래야 하겠지만 살아가는 날들이 꼭 그렇지만은 않아야 한다고.

딸들에게 그 말 전해주고 싶습니다. 그러다보면 돋아나는 싹에 설레기도 하고, 져가는 꽃에 그리움도 일겠지요. 아이의 가슴에 설렘과 그리움이 잔잔히 피어나는 날들이길, 그 가슴으로 세상의 사람들을 따뜻하게 감싸는 마음 갖기를 엄마는 진정 소망합니다. ∞

49

아이, 이런 옷을 지었으면

우물에 빠진 나를 감싸준 원피스 같은

<><><>

낮의 노동을 끝내고 밤이 오면 친정엄마는 재봉틀에 앉아 우리들 옷을 달달달 박았습니다. 빨간 다후다 천으로 주름치마도 만들어주시고, 꽃무늬 천으로 원피스도 만들어주셨습니다. 새로 지어주신 옷이 맘에 들 때면 자랑하고 싶은 맘에 그 옷을 떨쳐입고 동네를 한 바퀴 돌곤 했습니다.

그날은 엄마가 원피스를 두 장이나 만들어주셨습니다. 한꺼번에 두 장이나 지어주신 것도 좋은데 모두 맘에 들었습니다. 특히, 가슴 위쪽으로 잡힌 주름 위의 리본이 맘에 들었습니다. 빨리 자랑을 하고 싶었습니다. 할머니 몰래 두 개를 겹쳐 입고 집을 나섰습니다. 모내기가 가까워진 봄철이었습니다. 부지깽이라도 일을 도와야 하는 바쁜 때여서 동네에는 내 옷을 봐줄 사람이 거의 없었습니다.

'아이고, 이쁘네. 누가 이러고 이쁜 옷을 입해 줬으까잉' 하는 동네 아짐들의 소리를 듣고 싶었으나 집집마다 정적만이 감돌았습니다. '이뻐다잉. 나도 울엄마한테 맹그라주라 그래야재' 하며 새 원피스를 부러운 듯 만지작대는 동무들에게 원피스 자락을 슬쩍 올리며 한 개가 아닌 두 개라고 자랑질을 해야겠는데, 못자리 보는 엄마들한테 찬물이라도 갖다 드리러 갔는지 아이들 모습도 도통 볼 수가 없었습니다. 발자국 소리에 컹컹 짖거나 꼬리를 흔드는 개들 몇 마리만이 눈에 띄었습니다. 맥이 빠진 나는 개들에게 분풀이라도 하듯 "시끄러와!" 앙칼지게 쏘아 붙이고 길가의 돌멩이를 고무신 끝으로 톡톡 차면서 터덜터덜 집 쪽으로 다시 걸어왔습니다.

그때, 동네 가운데 우물가에 누군가 보였습니다. 원피스 자락을 붙들고 정신없이 뛰어 내려갔습니다. 우물에는 아랫집에 사는 동갑내기 영길이가 혼자 놀고 있었습니다. 머리도 크고 입도 큰 영길이와는 평소에 별로 친하지 않았지만 그날은 어쩔 수 없이 같이 놀아야 했습니다.
새 옷을 입고 우물가에 도착했지만 영길이는 내 새 옷에 대해 아무 말도 하지 않았습니다. 내가 새 원피스를 입었는지도 모르는 것 같았습니다. 새 옷이라는 것을 알아채주기를 바라는 맘으로 원피스 자락을 잡고 올려도 보고 돌려도 봤지만, 영길이의 반응은 감감무소식이었습니다.

'흐미, 멍텅구리같이! 긍께 니가 공부럴 못허재.'

속으로 흉을 보면서 우물가를 뱅뱅 돌고 있는데 새 원피스에 대해서는 일언반구 말이 없던 영길이가 엉뚱한 말을 했습니다.

"우리 높이뛰기 시합허자."
"그래, 근디 여그서 어치케 해야?"

새 옷에 대해 아무 말도 없는 영길이가 얄미웠던지라 높이뛰기에서 이겨주겠노라고 앙다짐을 하면서 시합 제의에 응했습니다.

"샘 가상을 잡고 뛰면 되재."
"잡을 것도 없는디?"

우리 동네 우물은 동네 한가운데에 있었는데 깊이가 깊었습니다. 안쪽으로 깊이 파인 부분은 굵은 돌들이 들쭉날쭉 켜켜이 쌓여 있었고, 그 돌들이 끝나는 부분부터는 시멘트 처리가 되어 있었고, 그 위쪽으로는 둥그런 시멘트 구조물이 지어졌습니다. 온 동네 사람들이 그 우물물을 길어다 먹었습니다.

"좋아, 그먼 니가 먼저 뛰봐."

말이 끝나기가 무섭게 영길이가 샘가 시멘트 구조물을 잡고 뛰었습니다. 발이 샘가 시멘트 바닥에서 조금 떨어졌습니다.

"나가 니럴 못 이길지 알고?"

가슴께에 닿는 둥그런 우물가를 잡고 나 역시 뛰었습니다. 영길이보다 높이 뛰었다는 결론이 났습니다. 다시 영길이가 뛰었습니다. 이번에는 영길이가 좀 더 높이 뛴 것 같았습니다. 번갈아가며 뛰었으나 쉽게 결판이 나질 않았습니다. 더구나 심판이 없었습니다. 초등학교 2학년쯤이었던 걸로 기억되는 그날, 이기고야 말리라는 굳은 각오로 난 있는 힘껏 뛰어 올랐습니다. 순간 우물가 시멘트 구조물을 잡고 있던 내 손이 떨어졌고, 한참 높이 튀어 오른 내 몸은 허공을 날아오르다 순식간에 우물 안으로 곤두박질해 들어갔습니다.

우물에 빠진 나는 두어 번 솟구침을 되풀이했습니다. 두 번이었는지 세 번이었는지 다시 솟구쳐 오르는 순간 난 잽싸게 팔 다리를 쭉 뻗었습니다. 어떻게 그리 했는지는 모르겠으나 쭉 뻗은 두 팔은 우물 안의 들쭉날쭉 쌓인 바윗돌의 앞쪽을 붙잡았고, 다리는 쭉 뻗어서 뒤쪽의 바윗돌에 걸쳐졌습니다. 그야말로 우물에 빠진 채로 한가운데 엎드려서 간신히 걸쳐져 있게 되었습니다. 고개를 들어보니 아득하게 저 위에서 영길이가 우물 안을 들여다보고 있는 모습이 보였습니다. 걱정하는 모습은 고사하고 큰 소리를 내며 웃고 있었습니다. 영길이의 웃음소리는 둥그런 우물 안에서 빙빙 돌며 울렸습니다. 새 원피스는 이미 물에 흠뻑 젖었고 찰랑찰랑 잠긴 물속에서 쭉 뻗어 겨우 바윗돌에 닿은 팔다리가 아파왔습니다. 얼마 후엔 힘이 빠진 팔다리가 후들후들 떨렸습니다.

원수 같은 영길이는 나를 구해줄 생각은 하지 않고 계속 웃으며 우물 안을 바라보고만 있었습니다. 한참 후에야 우물 안으로 다른 목소리가 들려왔습니다. 고개를 들고 쳐다보니 윗집 큰엄마가 걱정 어린 모습으로 내려다보시며 내가 있는 우물 안까지는 턱없이 짧은 새끼줄을 내려뜨리고 있었습니다.

"아가, 요것을 잡어봐라."

두 녀석이 놀고 있던 것을 보고 샘에 가까운 논에서 피를 뽑고 있던 큰엄마가 뭔가 이상한 낌새를 채고 달려왔을 때 난 이미 우물에 빠져 있었던 것입니다.

온 동네가 난리가 났고, 결국 기다란 사다리 두 개가 이어져 우물 안으로 내려졌습니다. 하지만 쭉 뻗어서 겨우 물 위로 걸쳐져 있던 난 그 사다리를 잡고 올라갈 수가 없었습니다. 누군가 우물 안으로 내려와서 나를 데리고 올라가야 하는 상황이었습니다.

다시 우물가가 웅성거렸습니다. 다른 동네에서 놀러온 술 취한 아저씨가 들어가겠노라고 사다리를 잡고 고집을 피우는 것을 만류하고 누군가 내려와서 나를 구해 올렸습니다.

"옴매, 뭔일이당가. 자가 오래 살기는 허겄네웨."

"긍께 말이시. 다른 날 같으면 죽어부렀을 꺼인디 살라고 오늘 물이 작었그마."

"아이, 금매, 아까 낮에 아그덜이 물질르로 댕김서 장난을 해 쌨 드란 말이시. 가이내덜이 동우에 물을 담으면 재장궂은 머심애 덜이 다 찬 물동우에 손을 집어여불고, 또 물을 채우면 또 손을 집어여불고 해싸. 한정없이 물을 갖고 해찰을 해쌌길래 귀헌 물 갖고 장난헌다고 뭐라 그래도 소용 없고, 정때까장 그 지랄을 해 쌨드랑께. 샘을 들여다봉께 물이 쑥 줄어부렀어."

"아이고, 긍게 물이 줄었구마. 그래서 살었네, 저 놈이…."

"아그덜이 장난을 안 해서 물을 안 퍼냈으면 샘 안에 돌팍이 안 나왔을 꺼이고, 그러믄 저 작은 놈이 잡을 돌이 없었을 꺼인디 살랑께 그랬구마."

원래 우리 동네 우물엔 물이 많아서 평소엔 들쭉날쭉 쌓인 돌이 우물 안 한참 아래에 잠겨 있었습니다. 물 밖에는 손질 잘된 시멘트 구조만 보였습니다. 그러나 그날은 동네 언니 오빠들이 물을 기르면서 장난하느라 많은 물을 퍼냈고 그 결과 우물 아래쪽

에 쌓인 돌들이 물 밖으로 나와서 우물에 빠진 내가 걸치고 있을
수 있었던 것입니다.

동네 사람들의 왁자한 수다를 뒤로 하고 집으로 갔습니다. 엄마
는 옷을 갈아입힌 후 마루에 나를 눕혔습니다. 따뜻하게 달궈진
마룻장에 얼굴을 대고 누우니 귓속에 들어 있던 물들이 쪼로록
흘러나왔습니다. 귀에서 흘러나온 물이 따뜻했습니다. 햇살이 부
드럽게 내 몸을 어루만졌습니다. 꿈속인 것만 같았습니다. 가물
가물 잠이 쏟아졌습니다. 쏟아지는 잠 속으로 들어가면서 나는
생각했습니다.

'간따꾸(원피스) 두 개를 입었응께 살았능가 몰라. 한 개만 입었으
면 추와서 죽었을랑가 몰라.'

그날 나는 말도 안 되는 생각을 했고, 그 생각은 내 머릿속에서
지금껏 지워지지 않고 있습니다. 내 기억 속에 가장 귀하게 남은
소중한 옷 이야기입니다.

내 아이가 지어낼 옷들이 사람들을 따뜻하게 감싸주는 옷이면
좋겠습니다. 물속에서도 따뜻하게 감싸줬다는 내 기억 속의 원
피스처럼 말입니다. ∞

옥양목 앞치마 같은

◇◇◇

농사일이며 바닷일에 늘 바쁘셨던 엄마랑 작은엄마랑 앞집 숙이 네 엄마랑 웃집 큰올케가 하얀 앞치마를 곱게 입는 날은 설날이 었습니다. 장롱 속 한복을 곱게 꺼내 입고 그 위에 하얀 앞치마 를 입은 모습은 고왔습니다.

우리 엄마는 레이스가 없는 긴 앞치마를 입었고, 엄마보다 젊은 작은엄마는 길되 레이스가 삼면에 조로록 잡힌 앞치마를 입었 고, 그보다 훨씬 젊은 웃집 올케언니는 앙증맞게 짧은, 하얀 레이 스가 잡힌 앞치마를 입었습니다.

엄마의 앞치마 자락에는 빨강, 초록, 검정 색실로 공작이 곱게 놓 였고, 작은엄마의 앞치마에는 예쁜 꽃이 수놓아져 있었습니다. 장미꽃이었던 것 같기도 하고 목단꽃이었던 것 같기도 합니다.

둥근 수틀에 하얀 천을 팽팽하게 끼워서 한 땀 한 땀 수놓은 천 들은 횃대보가 되어서 벽에 걸리기도 하고, 아버지의 양복 덮개 가 되기도 했으나, 어느 날부터 횃대보가 치워지고 양복 덮개도 신식으로 바뀌었습니다. 엄마의 앞치마로만 남았습니다.

설날이 되어 하얀 또는 검정 두루마기를 입고 할아버지께 세배를 하러 오시는 문중 손님들을 위해, 희고 노란 계란 지단이랑 검은 김을 고명으로 올린 떡국 상을 차릴 때 엄마의 앞치마 차림은 참 고왔습니다.

허리 펼 새 없이 들이닥친 손님들이 한바탕 지나가고, 작은 방에서 잠깐 쉴 때에도 엄마는 앞치마를 벗지 않으셨습니다. 엄마가 벗으면 한 번 입어봐야지 맘먹고 있었으나, 설이 다 지나도록 앞치마 벗은 엄마의 모습을 볼 수가 없었습니다.

엄마랑 작은엄마가 입었던 앞치마가 옥양목이었는지 광목이었는지 정확하게는 모르겠으나 레이스가 조로록 잡히기도 하고, 안 잡히기도 한 그 하얀 앞치마의 자태는 세월이 아무리 지나갔어도 고운 기억입니다. 커다란 잿빛 부엌문을 열고 나오시던 엄마의 하얀 앞치마 모습은 지금 생각해도 곱기만 합니다. 그 하얀 앞치마에 어린 끝없는 노동의 굴레가 얼마나 지독했을지 차마 몰랐던 어린 아이의 눈에 비친 모습은 그냥 고왔고, 그 기억은 아직 선연하게 남아 있습니다.

내 기억 속에 엄마의 앞치마가 곱게 남은 걸 보면 설날 입었던 엄마의 하얀 앞치마는 단순한 노동복이 아니었습니다. 노동을 노동으로만 보이지 않게 해줬던 고운 작품이었습니다. 성스럽기까지 하다 말할 수 있는 것이었습니다. 편리함과 아름다움을 동시에 갖춘 엄마의 하얀 앞치마가 그리운 날입니다.

친정엄마가 입었던 하얀 앞치마를 요즘은 아이들이 종종 입습니다. 얼마 전 아이들이 요리에 재미를 붙였다는 말에 자수 선생님은 달개비 수가 곱게 놓인 무명 앞치마를 챙겨주셨습니다. 선생님네 무명은 어느 무명 집보다 손질이 고와서 보기만 해도 기분 좋은데 아이들이 태 좋게 두르고 팔랑팔랑 다니면서 밥상을 차려줄 생각에 또 기분 좋아서 염치불구하고 덥석 받아왔습니다. 아니나 다를까, 아이들은 하얀 앞치마를 곱게 두르고 밥상을 차려줬습니다. 한겨울 시베리아로 떠나기 전날이었습니다.

시베리아는 워낙에 추우니 영양 보충을 하고 가야 한다고, 더구나 맛난 설음식을 먹지 못하고 떠나는데 갈비 맛은 보고 가야 하는 것 아니겠냐고 아이들이 에미의 밥상을 차리기 위해 바삐 움직입니다. 컴퓨터를 열어 요리법을 찾아보고, 장을 보고, 채소를 손질하고, 고기를 담가 핏물을 빼고, 호박 속을 파낸 뒤 꿀을 넣어 찜통에 올리고, 얼려놓은 감을 꺼내 시린 손을 호호거리며 껍질을 벗깁니다. 당근을 그다지 좋아하지 않는 큰아이는 맛도 없는 게 썰기는 왜 이리 힘드냐고 투덜대면서 칼질을 합니다. 가만히 보니 잡채에 넣을 목이버섯은 가늠을 못해서 한 바가지나 불려놨습니다. 햇김도 새로 풀어 자르고, 초고추장도 작은 종지 두어 개에 담습니다.

무거운 전골 도자기 냄비 꺼내서 양념한 고기를 담은 뒤, 당근도 얄포름하게 썰어 한쪽에 올렸고, 호박도 같은 크기로 얌전하게 썰어서 또 한쪽에 올렸고, 미나리도 색 곱게 올립니다. 수저받침 위에 숟가락 젓가락을 얌전히 올립니다. 정성입니다. 하얀 앞치마는 단순한 노동을 귀한 정성으로 변화시키는 요술 같은 복장입니다.

하얀 무명 앞치마 입은 모습은 누구라도 고운데 내 새끼가 입은 모습은 더욱 곱습니다. 더구나 추운 나라로 여행 떠나는 엄마를 위해 정성어린 밥상을 차려주러 입은 아이들의 앞치마는 어느 모습보다도 어여쁩니다.

나는 원합니다. 아이가 훗날 지을 옷이 잿빛 부엌문을 열고 나오시던 설날 아침 엄마의 옥양목 앞치마 같이 어여쁜 옷이기를 원합니다. 추운 나라로 여행 떠나는 엄마를 위해 정성으로 밥상을 차려내는 아이의 앞치마 같은 옷이기를 소망합니다. ◇◇

◈◈◈

둥근 하늘 둥근 땅 위에
얼굴 둥근 사람들이
둥근 집을 짓고
둥글게 살아갑니다.

그 안에 들어선 내 맘도 둥글어집니다.
모났던 내 맘까지도 둥글어집니다.

초원 위에 가만히 얹힌 하얀 게르만큼 겸손한 '지음'이 또 있을
까 싶습니다. 기둥 몇 개 세우고, 천 몇 장 두른 것이 전부입니다.
단 한 개의 못도 사용하지 않습니다.
나무가닥 몇 개, 덮을 천 몇 장, 고정할 수 있는 끈만 있으면 그만
입니다.
게르는 그를 받치고 있는 땅에 어떤 상처도 주지 않습니다.
자신을 받쳐주는 땅에 대해 최대한의 예의를 갖추고
하늘 향해 경배하는 모습으로 지어지는 건축물이 게르입니다.

"해송아! 엄마는 '짓다'라는 말이 참 좋더라.

'만들다'라는 말과 같은 의미지만,

엄마는 '짓다'라는 말이 훨씬 좋더라.

'만들다'에는 왠지 정이 덜 들어가는 것 같은데

'짓다'에는 정도, 정성도 더 들어가는 느낌이어서 좋더라.

집을 만들지만 '만든다' 하지 않고 '짓는다' 하잖아.

온 가족이 살아가는 소중한 터전을 마련함에

'만든다' 하지 않고 '짓는다' 하듯

살아가는 모든 것에 그리 정성을 들여가면 좋겠어.

인연을 지어가고, 복을 지어가고, 세월을 지어가고….

해송아, 나중에 옷을 만들 거잖아.

집을 짓듯이, 인연을 짓듯이, 복을 짓듯이 그렇게 지어가면 좋겠어.

그냥 만들지 말고, 잘 지어가면 좋겠어.

자신을 받쳐주는 땅에 어떠한 상처 한 조각 주지 않으면서

제 역할 묵묵히 해내는 게르의 지어짐 같은….

엄마는 우리 해송이 옷이 그러면 좋겠어."

"응. 엄마." ∞

제크 아저씨의 레이스 커튼 같은

◇◇◇

제크 아저씨의 푸르공엔
하얀 레이스 커튼이 예쁘게 드리워져 있었습니다.
빨간색도 파란색도 아닌
'하얀 레이스' 커튼이 귀엽게 걸려 있었습니다.
자연밖에 없는 그곳 사막에서
얼마나 신선한 아름다움이던지요, 기쁨이던지요.
하루 종일 먼짓길을 달리고 또 달려야 하는 쇳덩어리 푸르공에
걸린 하얀 레이스 커튼은 최고의 치장이었고 멋이었습니다.

그만큼의 여유와 배려가 고마웠습니다. 따뜻했습니다.
레이스 커튼 밖으로 보이는 바깥의 풍경은 더욱 아름다웠습니다.
레이스 커튼에 걸친 사막의 석양은 더욱 황홀했습니다.

"해송아, 난 훗날 네가 지어낼 옷이 사막에서 만난 제크 아저씨
의 하얀 레이스 커튼 같은 기쁨을 주는 옷이면 좋겠어." ◇◇

더운 나라에서 만난 상고대 사진 같은

◇◇◇

사람들이 문득 그리웠습니다.
그들의 소식이 궁금했습니다.
세상과의 소통이 끊긴, 문명의 이기와는 거리가 먼 곳에서
문득 세상이 아주 잠깐 그리웠습니다.
안부 묻는 메일들이 열리기를 기다리고 있을지도
모르겠다는 생각을 아주 잠깐 했습니다.

오래전 더운 나라를 여행할 때 더위 잊고 여행하라며
덕유산의 겨울 사진을 날마다 보내주시던 고마운 분이 떠올랐습니다.
인터넷 카페 어렵게 찾았으나 느려 터진 인터넷 덕(?)에
어느 날엔 아예 볼 수조차 없었고
어느 날엔 천천히 아주 천천히 보이던 겨울 사진들.
느려서, 감질나서 더 반갑던 상고대 사진들.
더워서 헉헉대다가 만났던 파란 하늘 아래 하아얀 눈꽃 사진들.
기차를 기다리던 시간에 열리지 않아 결국은 보지 못하고
기차를 타던 날엔 오늘은 어느 모습일까 궁금해했던 겨울 사진들.

"해송아, 난 네가 훗날 지어낼 옷이
뜨거운 나라를 여행하던 중 만나는 반가운 메일 속의
상고대 사진 같은 고마운 옷이면 좋겠어.
그렇게 고마운⋯."

◇◇

마두금 소리 같은

◇◇◇

낙타는 태어나서 두 번 진정한 울음을 운답니다.
짝을 잃었을 때와 새끼를 잃었을 때가 그때랍니다.
짝을 잃은 낙타의 울음소리도 서럽다지만
새끼 잃은 낙타의 구슬픈 울음소리는
사막을 울리도록 서글프답니다.
사막의 영물입니다.

그런 낙타가 새끼를 낳고 젖이 나오지 않을 때
몽골인들은 낙타의 목에 마두금을 걸어준답니다.
바람이 스치면서 낙타의 목에 걸린 마두금을 연주해준답니다.
낙타는 그 소리를 듣고 젖을 흘린답니다.
바이칼의 심연에서 일어 초원을 내달려온
바람 같은 그 소리를 듣고 낙타는 젖을 흘린답니다.
바람이 연주하는 바람의 소리를 듣고 낙타는 젖을 흘린답니다.

"해송아, 훗날 네가 지을 옷이 낙타의 목에 걸린 마두금 소리 같
은 옷이면 좋겠어. 어미 낙타의 가슴을 울려 따뜻한 젖을 흐르게
하는 그런 옷이면 좋겠어." ∞

검이불루 화이불치

✧✧✧

儉而不陋 華而不侈(검이불루 화이불치)
'검소하지만 누추해 보이지 않고, 화려하지만 사치스럽지 않다.'

『삼국사기』의 '백제본기'에 나오는 말입니다.
백제 건축물의 특징을 표현한 말입니다.
백제의 정신, 백제의 아름다움을 표현한 말입니다.

검이불루 화이불치(儉而不陋 華而不侈).
'치레'의 최고 경지라 하겠습니다.
백제의 문화유산만이 아니라
우리 속의 '치레'도 그러하면 좋겠습니다.
집치레도, 옷치레도 그러하면 좋겠습니다.

아이에게 이 말 전하고 싶습니다.
아이가 훗날 지어낼 옷이 그렇기도 하면 좋겠습니다. ✧✧

50

말똥 캠프파이어

대나무 밭에서는 쑥도 곧게 자란다는 말이 있습니다.
환경의 중요성을 단적으로 말해준 것이겠습니다.
우리가 발붙이고 살아가는 곳이 우리들의 운명과 세상을 바라보는
눈에 많은 영향을 주겠지만, 거기에 머무르지 않기 위해서 길 나서
는 것이 여행이라지요.
여행은 그곳에, 그들에게, 그 시간에 애정을 갖게 하는 것이라지요.
나와 내 아이에게 고비는 사랑할 수밖에 없는 곳이 되었습니다.

그 고비사막에서의 마지막 밤이 다가왔습니다.
한 자루에 5,000투그릭 하는 말똥을 두 자루 샀습니다.

별과 바람과 꽃과 하나 되었던 우리는
사막을 하얗게 비추던 달빛과 하나 되었던 우리는
그들과 이별을 준비했습니다.

불을 지폈습니다. 붉게 타올랐습니다.
별님 안녕! 달님도 안녕!
작은 꽃들도 안녕! 바람도 안녕!
그리고 함께 웃고 함께 달렸던 벗들도 안녕!
안녕!

사막에서의 마지막 밤은… 그렇게… 깊어갔습니다. ∞

51

고비를 떠나오던 날

고비를 떠나오던 날
사막에 가을은 성큼 다가왔습니다.
개미취로 보이는 연보랏빛 꽃들이
달리는 차를 한없이 따라왔습니다.

울란바토르 가까워지자
눈물 같은 빗방울이 기어코 쏟아졌습니다.
다시 또 3년이 재수 좋겠습니다.

고비는 떠나오는 우리에게 축복의 인사를
그렇게 건네 왔습니다.

고비의 빛과
고비의 바람과
고비의 기운을 힘껏 껴안았습니다. ◇◇

#52

딸아
◇◇◇◇◇◇

딸아!
네가 걷는 네 앞길이 곱기만 하지 않더라도
꽃길로 삼아 걷고 꽃길로 만들어라, 딸아…!
마침내 피워내라, 너의 색깔 꽃봉오리…!

엄마가 엄마라서

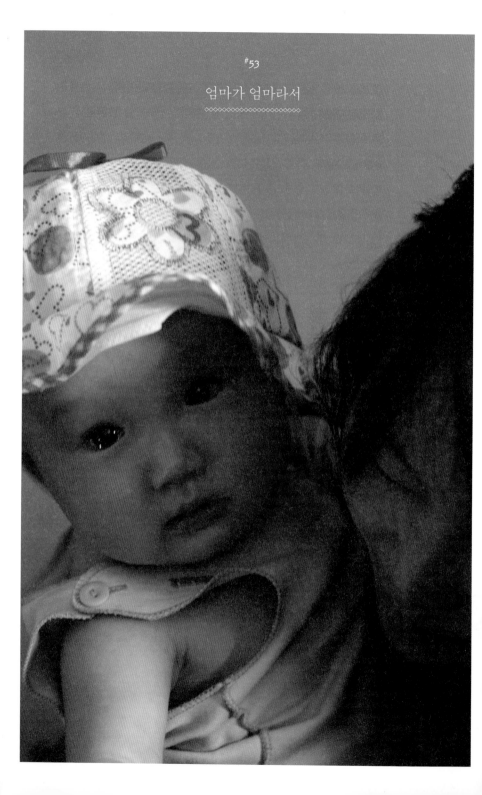

엄마, 엄마가 엄마라서 정말 좋아.
딸아, 네가 내 딸이라서 정말 고마워.

◇◇

54

엄마의 말씀

◇◇◇◇◇◇◇◇◇◇◇◇◇◇◇◇

니 속 아프먼 넘도 그만허니 아픔서 살 것이다 생각해라.
살다보먼 울고 자픈 일이 한두 가지가 아닐 것이다.
딱 숨 그만 쉬고 자플 때도 있을 것이다.
니가 심들먼 넘들도 그만헐 것이다 생각해라.
좋은 일만 있는 집은 읎는 것이여.
다 그러고 그러고 사는 것이여.

서룹다고 나 서룹네 외장치지도 말고
아프다고 나 죽겄네 소리도 크게 허지 마라.
그만허니 안 아픈 사람, 그만허니 안 서룬 사람 읎는 법이여.
아니다, 아니다.
서룰 때는 다리 뻗고 울어재끼기도 허고
아플 때는 나 죽네 때목을 치기도 해라.
가심에 담어두지넌 말어라.
병난다.

나 아픈 줄만 아는 사람은 사람이 아닌 것이다.
나 설움만 아는 사람은 사람이 아닌 것이다.
니 옆 사람 설움도 거둘 줄 알고
니 옆 사람 맘 아픈 줄도 알아야 쓰는 것이다.
그거이 사람인 것이다.
니보담 안 귀헌 사람 읎고, 니보담 못난 사람 읎단 것을 맹심해라.
다 귀허고 저마다 다 잘난 것 있단 것 맹심해라.

심들고 미운 맘 들 때믄 니 허물을 먼저 생각해라.
니가 모른 니 업을 생각해라.
그러믄 안 풀릴 것이 읎을 것이다.
악한 끝은 없어도 선한 끝은 있다고 안 그러더냐.
좋은 맘으로 좋은 말 험시롱 좋게좋게 살그라.
자석 키운 사람은 넘말 참말로 조심해야 헌다.
산다는 것은 말이다, 외나무다리 건너대끼 조심허고
또 조심해야 허는 것이다.

그러고
인연 소중허게 생각해라.
오늘 만나는 사람이 오늘 인연으로만 그리 된 거이 아니다.

언제 언제적부텀 지어진 아주아주 소중한 인연
허투로 보내지 마라.
니 업으로 지어진 귀중한 인연들이다.
사람도 그렇고 짐성들도 그렇고
니가 묵는 밥숟가락 한 자리도 그냥 온 것이 아니다.
미우면 미운 대로 고우면 고운 대로
니가 지은 업으로 니 옆에 오는 것이다.

인연은 사기 그릇 다루대끼 해야 쏜다.

워매, 저것 쫌 봐라.
큰 밭에 깨꽃이 훠언허다.

**친정엄마가 내게 하신 말씀을
오늘 아이에게 다시 전합니다. ∞**

Epilogue

고비 여행을 마치고

아이의 중학교 1학년 겨울 방학이 다가올 즈음
아이에게 물었습니다.

"혼자 여행을 떠난다면 어디를 가고 싶니?"

아이가 주저 없이 대답합니다.

"아프리카!"
"거긴 혼자 가기 너무 위험할 것 같은데?
 그다음 가고 싶은 곳은?"

아이는 짧게 대답합니다.

"인도."
"음, 거기도 좀 걱정되는데…. 거긴 엄마랑 갈까?"

세 번째로 가고 싶은 곳을 아이에게 물었습니다.
아이는 잠깐 고민하더니 대답합니다.

"그럼, 지중해 쪽."
"오케이!"

중학교 2학년 사회 교과서의 첫 단원이 그리스 로마부터 시작된다는 걸 아는 음흉한(?) 에미는 아이가 지중해 쪽이라는 말을 꺼내자마자 오케이를 외쳤습니다.

여행사를 통하긴 했지만 중학교 1학년 겨울방학 때 아이는 혼자 지중해를 향한 비행기에 올랐습니다. 그렇게 시작된 아이의 여행은 혼자 또는 같이 지금껏 계속되어 왔습니다. 대입 시험을 준비해야 하는 여고 시절에도 아이의 여행 가방은 비행기에 실렸습니다.

그러는 사이 아이는 멋진 대학생이 되었습니다. 꿈도 많고, 고민도 많고, 할 일도 많은 청춘의 가슴에 고비사막은 반드시 가고 싶은 길이었습니다. 가고야 말 길이었습니다. 하늘을 좋아하는 아이는 구름이 있어도 좋고, 없어도 좋은 드넓은 하늘의 고비를 꿈꿨습니다.

누런 흙길, 파란 하늘, 초록 풀, 하양 노랑 보랏빛 작은 풀꽃, 하얀 게르, 새하얀 달빛, 쏟아지던 별빛, 분홍빛 볼, 까만 눈망울, 푸른 새벽, 오렌지빛 석양의 낙타 무리, 그 낙타들의 하얀 눈물, 신기루빛 신기루, 카키빛 푸르공, 검정 고무신 한 켤레, 그리고 바람에 나부끼던 내 빨강 치맛자락보다 더 붉은 우리들의 열정…!

그런 고비를 그렇게 딸아이와 걸었습니다.
그날의 바람이, 그날의 빛깔들이
아이와 내 시간 속으로 쑤욱 들어왔습니다.
우리들의 가슴으로 쑤욱 들어왔습니다.
삶의 무늬가 되었습니다.
결이 되었습니다.

난 조금씩 늙어가고,
아이는 환하게 피어가는 길에 새겨진 소중한 걸음이었습니다.
멋지게 피어가는 것은 참으로 귀한 것입니다.
잘 늙어가는 것 또한 귀한 것이겠습니다.
아이도, 나도 그 걸음 덜 잊고 살자 했습니다.
살아가다 어깨 또 무거울 때면, 걸음 엉킬 때면
고비의 바람을, 고비의 하늘을 생각하자 했습니다.
고비에서 나눴던 우리들의 시간을 기억하자 했습니다.

고비의 하늘이, 고비의 바람이 다독여주겠지요.
우리들의 귀한 그 시간들이 어루만져주겠지요.
그리 믿습니다.

컴퓨터에 앉아 자판 두드리는 아내에게 아내가 좋아하는 홍시 두 개 접시에 담고, 물휴지 한 장 놓아주는 해강 아빠 감사하고, 엄마와 동생이 가방 싸서 훌쩍 떠날 때도 묵묵히 책상 앞에 앉아 공부해준 큰아이 해강에게 감사하고, 좋은 사진 협조해주신 황규현 님, 감사합니다. 그리고 부족하고 부끄러운 글 이리 펼쳐내주신 책으로여는세상, 진심으로 감사드립니다.

세상의 모든 엄마와 딸들이
더 많이 보듬길 바라는 맘입니다.

세상의 모든 엄마와 딸들의 여행길이
더 자주이길 바라는 맘입니다.

그녀들이 더 많이 행복하길 진심으로 바라는 맘입니다. ∞

고비사막에서 엄마를 추억하며 딸에게 띄우는 편지

엄마와 딸,
바람의 길을 걷다

초판 1쇄 찍음 2014년 3월 3일
초판 3쇄 펴냄 2021년 9월 25일

지은이 강영란
펴낸이 안동권

기획 안동권 편집 김선영
사진 강영란 · 황규현
디자인 Design Hada

펴낸곳 책으로여는세상
출판등록 제2012-000002호
주소 (우)12572 경기도 양평군 강상면 강상로 476-41
전화 070-4222-9917 | 팩스 0505-917-9917 | E-mail dkahn21@daum.net

ISBN 978-89-93834-21-5 03810

좋 · 은 · 책 · 이 · 좋 · 은 · 세 · 상 · 을 · 열 · 어 · 갑 · 니 · 다

이 도서의 국립중앙도서관 출판시도서목록(CIP)은 서지정보유통지원시스템 홈페이지(http://seoji.nl.go.kr)와
국가자료공동목록시스템(http://www.nl.go.kr/kolisnet)에서 이용하실 수 있습니다.(CIP제어번호 : CIP2014004903)